На в...

консу...

подросткобоей ... роман.

Но эта книга есть у всех дорогих мне людей.

Поэтому она прилетела и к тебе.

Надеюсь, тебе понра-
вится.

азбука/бестселлер

Стивен Чбоски

ХОРОШО БЫТЬ ТИХОНЕЙ

Роман

Санкт-Петербург

УДК 821.111(73)
ББК 84(7Сое)-44
Ч 32

Перевод с английского Елены Петровой
Оформление Ильи Кучмы

Чбоски С.

Ч 32   Хорошо быть тихоней : роман / Стивен
Чбоски ; пер. с англ. Е. Петровой. — СПб. : Аз-
бука, Азбука-Аттикус, 2014. — 288 с. — (Аз-
бука-бестселлер).

ISBN 978-5-389-06160-6

«Хорошо быть тихоней» — удивительный бестселлер Сти-
вена Чбоски, трогательный роман взросления («„Над пропастью во ржи“ для новых времён», по выражению критиков),
разошедшийся тиражом свыше миллиона экземпляров и экра-
низированный самим автором, причём одну из главных ролей
в фильме исполнила Эмма Уотсон — она же Гермиона Грейнд-
жер из фильмов о Гарри Поттере.

Чарли переходит в старшую школу. Опасаясь того, что
его там ждёт после недавнего нервного срыва, он начинает писать письма кому-то, кого никогда в жизни не видел, но кто,
он уверен, должен хорошо его понять. Чарли не любит ходить
на танцы, поскольку ему обычно нравятся те песни, под которые не потанцуешь. Каждая новая книга, прочитанная им по
совету Билла, учителя литературы, тут же становится у Чарли самой любимой: «Убить пересмешника», «Питер Пэн», «Великий Гэтсби», «Над пропастью во ржи», «В дороге», «Голый
завтрак»... Билл советует Чарли «быть не губкой, а фильтром», и тот честно пытается. Ещё Чарли пытается не вспомнить крепко забытые детские травмы и разобраться в своих
чувствах к старшекласснице Сэм, сестре его друга Патрика
по кличке Никак...

УДК 821.111(73)
ББК 84(7Сое)-44

ISBN 978-5-389-06160-6

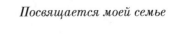

Посвящается моей семье

Благодарности

Благодарности

По поводу всех, кто перечислен ниже, могу только сказать, что без них не было бы этой книги. Вот те люди, которым я сердечно благодарен:

Грир Кессел Хендрикс
Хезер Нили
Ли, Фред и Стейси Чбоски
Робби Томпсон
Кристофер Маккуорри
Маргарет Меринг
Стюарт Стерн
Кейт Дегенхарт
Марк Макклейн Уилсон
Дэвид Уилкокс
Кейт Уорд
Тим Перелл
Джек Хорнер
Эдуардо Браниф

И наконец...
доктор Эрл Ройм, написавший прекрасное стихотворение,
и Патрик Комо, неточно запомнивший его в возрасте 14 лет.

ЧАСТЬ ПЕРВАЯ

25 августа 1991 г.

Дорогой друг!

Обращаюсь к тебе потому, что она сказала: ты способен выслушать и понять, да к тому же ты не пытался перепихнуться кое с кем тогда на тусовке, хотя мог бы. Не старайся, пожалуйста, вычислить, кто она такая, а то, чего доброго, вычислишь и меня, а мне это ни к чему. Людей я буду называть вымышленными именами или описательно, чтоб ты меня не определил. С этой же целью не указываю обратный адрес. Без всякой задней мысли. Честно.

Просто мне нужно убедиться, что где-то есть человек, который способен выслушать и понять, да к тому же не стремится трахнуть все, что движется, хотя мог бы. Короче, я надеюсь, что такие люди существуют.

Мне кажется, ты лучше других сумеешь понять, поскольку ты, по-моему, живая душа и ценишь все, что за этим стоит. По крайней мере, очень надеюсь, потому как другие обращаются к тебе за поддержкой и дружбой, вот и все. По крайней мере, так я слышал.

Ну вот, теперь про мою жизнь. Чтобы ты понимал: живу я и весело, и тоскливо — сам до сих пор не разобрался, как такое возможно.

Убеждаю себя, что дошел до такого состояния из-за своих родичей, и в особенности после того, как мой друг Майкл весной прошлого года ни с того ни с сего перестал ходить в школу и с нами по трансляции заговорил голос мистера Уона.

— Мальчики и девочки, с прискорбием сообщаю о кончине одного из учащихся нашей школы. В пятницу на общем собрании состоится панихида по Майклу Добсону.

Уж не знаю, как по школе разносятся слухи и почему они так часто подтверждаются. Вроде бы дело было в столовой. Точно не помню. Дейв поглядел сквозь свои нелепые очечки да и говорит: Майкл покончил с собой. Его мамаша играла в бридж у кого-то из соседей, и они услышали выстрел.

Что со мной было потом — точно не помню, только мой старший брат примчался в кабинет директора и говорит: не раскисай. А потом обнял меня за плечи и говорит: возьми себя в руки, пока отец домой не пришел. Мы с братом отправились в «Макдональдс», он взял нам картофель фри и стал меня учить играть в пинбол. Даже пошутил, что, мол, благодаря мне уроки промотал, а сам такой: не помогу ли я ему с «шевроле-камаро»? Наверно, на меня смотреть тошно было — раньше мне на пушечный выстрел не разрешалось подходить к его «камаро».

Школьные психологи вызвали к себе тех ребят (раз-два и обчелся), которые реально хорошо относились к Майклу, и попросили каждого сказать несколько слов. Опасались, как видно, что кто-нибудь сотворит над собой нечто подобное, а сами, похоже, дергались, один все время бороду теребил.

Бриджет — она малость чокнутая — сказала, что да, она тоже готова покончить с собой, когда по телевизору реклама начинается. Это на полном серьезе; психологи тут же выпали в осадок. А Карл — безобидный парнишка — сказал, что очень расстроился, но сам никогда бы не смог лишить себя жизни: это грех.

Бородатый опросил всю группу, а под конец и до меня добрался:

— А ты что думаешь, Чарли?

Вот удивительно: я с этим кренделем никогда раньше не сталкивался, потому как он «специалист», так откуда, спрашивается, он мое имя узнал? На мне даже беджика не было, какие в день открытых дверей нацепляют.

— Ну, я думаю вот что: Майкл был хорошим парнем, а почему он так поступил — непонятно. Мне, конечно, сейчас тяжело, но хуже всего — быть в неведении.

Сейчас перечитываю — я такими словами никогда в жизни не излагал. И уж тем более в этом кабинете, когда ревмя ревел. Как начал реветь, так и не останавливался.

Психолог такой: подозреваю, что у Майкла возникали «проблемы в семье», а поделиться было не с кем. В результате он, вероятно, оказался в полном одиночестве и покончил с собой.

Тут я как с цепи сорвался: стал орать этому психологу, что Майкл всегда мог поделиться со мной. У меня началась форменная истерика. Чтобы только меня успокоить, он стал плести, что имел в виду «поделиться с кем-нибудь из взрослых»: с учителем, с психологом. Но меня такими штуками не проймешь, и вскоре к зданию нашей школы подкатил на «камаро» мой брат и меня забрал.

С того дня и до самых каникул учителя меня не дергали и даже завышали оценки, хоть я и не стал умнее. На самом деле я их всех, похоже, нервировал.

Похороны Майкла получились странные: его отец ни слезинки не проронил. А через три месяца ушел из семьи. Во всяком случае, Дейв открытым текстом в столовке так и сказал. Я иногда об этом задумываюсь. Вот интересно: что делалось у Майкла в доме за ужином, перед теликом? Никакой записки он не оставил — ну, или предки ее заныкали. Может, и правда были у них «проблемы в семье». Я без понятия. Если б знать, может, не так бы тоскливо было. Может, прояснилось бы хоть что-нибудь, пусть неутешительное.

Одно знаю точно: мне из-за этого приходит в голову, что у меня, наверно, тоже «проблемы в семье», но у других, как я понимаю, еще покруче проблемы. Типа того, как мою сестру бросил самый первый ее парень — переметнулся к другой — и сестра все выходные плакала.

Папа ей тогда сказал: «Есть люди, которым гораздо тяжелей».

А мама ничего не сказала. Через месяц сестра с новым парнем познакомилась, опять стала быструю музыку гонять. Отец, как всегда, на работе занят. А мама — по дому. А брат всю дорогу возился со своим «камаро». То есть всю весну, а как лето началось — уехал учиться. Он играет в американский футбол за сборную Пенсильванского университета, ему нельзя в отстающих числиться, иначе к играм не допускают, и за лето ему нужно было выровнять баллы.

В семье у нас, по-моему, любимчика нет. Нас трое детей, я самый младший. Мой брат — самый старший. Он классный футболист и машину свою обожает. В серединке — моя сестра, очень симпатичная, парней строит. Я теперь учусь на «отлично», как и сестра, поэтому меня никто не долбает.

Мама перед теликом вечно плачет. Отец много работает, человек он правильный. Моя тетя Хелен говорила, что папу гордыня спасет от кризиса среднего возраста. До меня совсем недавно дошло, что она имела в виду: ему уже сорок стукнуло, а перемен никаких.

Тетю Хелен я любил больше всех на свете. Она была маминой сестрой. Училась в свое время на «отлично», книжки мне давала читать. Папа говорил, что до такого чтива я еще не дорос, но мне нравилось; он, бывало, пожмет плечами и отстанет.

Последние годы своей жизни тетя Хелен провела у нас в доме, потому что с ней приключилось что-то жуткое. От меня скрывали, что с ней произошло, хоть я и расспрашивал. Когда мне было лет семь, я перестал допытываться, но до этого приставал, как все дети, а тетя Хелен — в слезы.

Тут-то отец и залепил мне пощечину. «Будешь знать, как тетю Хелен доводить!» Я вовсе не хотел ее доводить и прикусил язык. Тетя Хелен сказала отцу, чтобы не смел при ней поднимать на меня руку, а он такой: это мой дом, что хочу, то и делаю. Мама промолчала, брат с сестрой тоже.

Больше я ничего не помню, потому что разревелся, и отец велел маме увести меня с глаз долой. А много позже мама, хватив белого вина, рассказала мне, что случилось с ее сестрой. Действительно, многим приходится куда хуже, чем мне. Это точно.

Сейчас буду ложиться спать. Поздно уже. Вон сколько накатал — а тебе читать. Почему я вообще взялся тебе писать: завтра впервые пойду в другую школу, где только старшие классы, и у меня мандраж.

Счастливо.
Чарли

7 сентября 1991 г.

Дорогой друг!

Быть старшеклассником мне не понравилось. Столовка называется «Центр питания», вообще уже. Уроки углубленного английского вместе со мной посещает эта девочка Сьюзен. В средней школе прикольная девчонка была. Фильмами увлекалась, а ее брат, Фрэнк, записывал ей клевую музыку, и Сьюзен нам приносила записи. Но за лето ей сняли брекеты, она подросла, сиськи появились. Теперь на переменах кривляется, как дурочка, особенно если парни рядом трутся. Я считаю, это печально, да и сама Сьюзен ходит как в воду опущенная. Если честно, она вообще делает вид, что в упор не видит меня на углубленном английском, а в коридоре даже не здоровается.

На той беседе с психологами, когда Майкла обсуждали, Сьюзен выболтала, что Майкл ей однажды сказал, будто она самая красивая девочка на свете, хотя у нее тогда брекеты были и все такое. А потом он ей предложил дружить — у нас в школе это было серьезно. В старших классах говорят «встречаться». Они с ним целовались, фильмы обсуждали, и она без него ужасно затосковала, потому что он был ей лучшим другом.

Это, между прочим, удивительно, потому что у нас в школе мальчишки и девчонки не дружили. А Майкл и Сьюзен подружились. Типа как мы с тетей Хелен. Ой, извини. Примерно как мы с тетей Хелен. Это нам на той неделе объясняли. И еще особые случаи пунктуации.

В школе я обычно никуда не лезу, и обратил на меня внимание, похоже, только один парень, Шон. Подкараулил меня после физкультуры и начал сыпать какими-то детскими угрозами, что, мол, устроит мне «головомойку» — это когда тебя окунают головой в унитаз, нажимают на слив, и у тебя волосы кругами плавают. Он, кстати, тоже выглядел как в воду опущенный, о чем я ему и сообщил. Тут он взбесился, полез ко мне с кулаками, а я тогда вспомнил, чему меня брат учил. Брат у меня дерется просто классно.

«Меть в колени, шею и глаза».

Так и я сделал. Врезал этому типу от души. А потом сам же разревелся. И сестре пришлось уйти с уроков — она в самом сильном классе учится, — чтобы отвезти меня домой. Вызывали меня к директору, но даже от занятий не отстранили, ничего такого, потому что кое-кто из ребят успел сказать мистеру Смоллу, из-за чего началась драка.

— Шон сам нарывался. Это была самооборона.

Что верно, то верно. Только я не понял, с чего это Шон ко мне полез. Я ведь ему ничего не сделал. Да и росту во мне — метр с кепкой. Честно. Шон, как видно, не подозревал, что махаться умею. Я еще его пожалел. Может, и зря. Но я подумал, что у меня еще будет возможность его отбуцкать, если он станет мстить тому парню, который мистеру Смоллу про него сказал, но Шон мстить не стал. В общем, историю эту спустили на тормозах.

Некоторые ребята в коридоре на меня косятся, потому что я, во-первых, не обклеил картинками свой шкафчик, а во-вторых, отметелил Шона, а потом сам же слезу пустил. Это у меня, наверно, эмоции через край.

Дома мне одиноко, потому что сестра, она у нас самая старшая, вечно занята. Брат тоже занят, он в футбол играет за Университет штата Пенсильвания. После сборов тренер сказал, что берет его во второй состав, а когда он освоится, поставит его в основной.

Отец мечтает, чтобы он стал профи и выступал за «Питсбург стилерс». Мама не нарадуется, что он учится бесплатно, потому как моя сестра в футбол не играет, а за двоих платить нашей семье слишком накладно. Из-за этого мама требует, чтобы я вкалывал ради получения академической стипендии.

Значит, буду вкалывать, все равно пока ни с кем здесь не подружился. Вообще-то, я рассчитывал, что моим другом станет парень, который директору сказал правду, но тот, наверно, просто по доброте это сделал.

Счастливо.

Чарли

11 сентября 1991 г.

Дорогой друг!

Времени в обрез, потому что учитель углубленного английского задал нам прочесть одно произведение, а я люблю читать два раза подряд. Называется, между прочим, «Убить пересмешника». Если ты не читал, очень рекомендую, книга интересная. Нам каждый раз задают по нескольку глав, но я так читать не привык. Я сразу половину проглотил.

Короче, хочу тебе рассказать, что видел по телику брата. Я не особенно люблю спортивные передачи, но тут случай особый. Мама сразу заплакала, отец обнял ее за плечи, а сестра заулыбалась, что удивительно, ведь они с братом грызутся как кошка с собакой.

Но моего брата как-никак показывали по телевизору, и на сегодняшний день это был самый клевый момент за две недели моей учебы в старшей школе. Я по нему ужасно скучаю, что удивительно, ведь мы с ним почти не общались, пока он жил дома. А если честно, то и сейчас не общаемся.

Я мог бы тебе сказать, на какой позиции он играет, но, как уже говорил, хочу сохранить анонимность. Надеюсь, ты понимаешь.

Счастливо.
Чарли

16 сентября 1991 г.

Дорогой друг!

Дочитал «Убить пересмешника». Теперь это моя самая любимая книга. Правда, я всякий раз так думаю, пока не прочту следующую. Учитель предложил мне во внеучебное время говорить ему «Билл» и дал почитать еще одну книжку. Он говорит, у меня есть чувство языка и большие способности к восприятию текста; задал мне написать сочинение по книге «Убить пересмешника».

Я упомянул это маме, а она спрашивает, почему же Билл не порекомендовал мне перейти в другой поток, где занимаются ребята из десятого или одиннадцатого класса. Со слов Билла я ей объяснил, что уроки там примерно такие же, как у нас, только произведения более сложные и я от этого ничего не выиграю. Мама сказала: «Не знаю, не знаю» — и обещала подойти к нему в день открытых дверей. А пока что припахала меня помыть посуду, ей в помощь; пришлось согласиться.

На самом деле я терпеть не могу посуду мыть. Я бы вообще ел руками прямо с бумажной салфетки, но сестра говорит, это плохо для окружающей среды. У нас в школе она состоит в клубе «День Земли» — там и с парнями знакомится.

Они с нее пылинки сдувают, непонятно, за какие заслуги; ну, может, потому, что она такая симпатичная. А она их за людей не считает.

Особенно достается одному. Как зовут — не скажу. Но внешность описать могу. Волосы очень хорошие, каштановые, длинные, стянуты в пучок. Думаю, он пожалеет, когда будет оглядываться на прожитые годы. Для моей сестры он всю дорогу записывает кассетные сборники, и все тематические. Например, «Осенние листья». Понапихал туда *Smiths*. Даже обложку сам оформил. Тут как-то взял напрокат фильм, мы сели смотреть, а как только за ним закрылась дверь, сестра отдала кассету мне.

«Хочешь, Чарли, — забирай».

Ну я и взял, но мне было не по себе — он же для нее старался. Тем не менее послушал. До чего мне понравилось! В особенности одна песня, называется «Asleep» — советую тебе тоже послушать. Рассказал сестре. А через неделю она мне спасибо сказала, потому как этот парень стал ее спрашивать про сборник, и она слово в слово повторила, что я сказал про «Asleep», и он прямо растаял оттого, что она так прониклась. Когда у меня появится девушка, я, надо думать, в грязь лицом не ударю.

Что-то я уклоняюсь от темы. Мой учитель, Билл, мне на это указывал: я, типа, пишу, как говорю. Думаю, по этой причине он и задал мне сочинение на тему «Пересмешника».

Тот парень, который запал на мою сестру, всегда уважительно обращается к нашим родителям. Мама его за это очень полюбила. А отец считает его «мягкотелым». Наверно, потому моя сестра его и гнобит.

Как-то раз, к примеру, наговорила ему всяких гадостей за то, что он лет в пятнадцать или около того не поставил на место хулигана, который терроризировал весь класс. Если честно, я тогда хотел фильм посмотреть, который он принес, и не особо вслушивался в их разборки. Они всю дорогу грызутся, ну, думаю, хоть для разнообразия фильм посмотрю, так и тут никакого разнообразия — сиквел и сиквел.

Короче, она парня долбала четыре сцены подряд, минут десять в общей сложности, и у него слезы хлынули. В три ручья. Оборачиваюсь, а сестра тычет в меня пальцем:

— Смотри. Даже Чарли поставил на место своего обидчика. Смотри.

Парня в краску бросило. Уставился на меня. Затем на нее. А потом замахнулся да и влепил ей пощечину. Не по-детски. Я так и застыл, глазам своим не поверил. Кто бы мог подумать! Этот мальчик, который записывал тематические сборники и сам разрисовывал обложки, влепил моей сестре пощечину — и тут же успокоился.

Но что самое странное: моя сестра никак не отреагировала. Только посмотрела на него спокойным взглядом. Просто уму непостижимо. Моя сестра, которая бесится, если ты ешь какого-нибудь не такого тунца, позволила себя ударить и ничего не сказала. Наоборот, притихла, смягчилась. Попросила меня выйти, что я и сделал. А когда парень ушел, она сказала, что они с ним «встречаются» и что маме с папой ничего знать не нужно.

Думаю, он поставил на место свою обидчицу. Думаю, это логично.

В те выходные моя сестра уделила этому парню гораздо больше времени, чем раньше. И смеялись они больше обычного. В пятницу вечером я взялся читать новую книгу, но у меня башка устала, и я решил телик включить. Спускаюсь в цокольный этаж, а там моя сестра с этим парнем, голые.

Он сверху, у нее ноги раздвинуты во всю ширину дивана. Она на меня шепотом заорала:

— Пошел вон, извращенец.

Ну я и ушел. А на другой день мы всей семьей смотрели, как мой брат играет в футбол. И сестра пригласила этого парня. В котором часу он накануне от нее ушел, неизвестно. А тут сидят, за ручки держатся как ни в чем не бывало. И парень этот говорит, что школьная команда без моего брата совсем разваливается. Папа его поблагодарил. А после его ухода сказал, что этот юноша повзрослел и стал вполне достойным молодым человеком. Мама промолчала. А сестра на меня зыркнула, чтоб не проболтался. В общем, все как-то утряслось.

— Да. Вполне.

Больше ей нечего было сказать. А я представил, как этот парень у себя дома сидит за уроками, а на уме у него — моя сестра, голая. Представил, как они смотрят футбол, который им по барабану, и держатся за руки. Представил, как этот парень блюет в кустах на какой-то вечеринке. А моя сестра это терпит.

И мне от них обоих стало тошно.

Счастливо.
Чарли

18 сентября 1991 г.

Дорогой друг!

Я тебе не рассказывал, что хожу на уроки труда? Ну вот, хожу на уроки труда, и это мой любимый предмет, не считая углубленного английского. Вчера вечером написал сочинение по роману «Убить пересмешника», а сегодня утром сдал его Биллу. Договорились встретиться завтра на большой перемене и обсудить.

К чему я веду: на уроки труда ходит один парень, которого зовут «Никак». Честное слово. Все зовут его «Никак». До чего прикольный парень. Имя «Никак» тянется за ним со средней школы — так его дразнили. Сейчас он, по-моему, в выпускном классе. Ребята сперва говорили ему «Патти», хотя его полное имя — Патрик. И «Никак» не вытерпел. «Послушайте, вы, либо, — говорит, — зовите меня Патрик, либо никак».

Ну, они и заладили: «Никак». И кличка приросла. В то время он только-только переехал в наш район, потому что его отец женился на какой-то здешней тетке. Пожалуй, я больше не буду заключать имя Никак в кавычки, чтобы не отвлекаться и не нарушать поток мысли. Надеюсь, ты не против. Если возникнет путаница, я объясню, что к чему.

Так вот, на уроке труда Никак начал потешно изображать учителя, мистера Кэллагана. Еще и бакенбарды себе пририсовал восковым карандашом. Умереть — не встать. Когда мистер Кэллаган увидел, как Никак изгаляется у шлифовального станка, он даже рассмеялся, потому что сценка получилась не обидная, а просто смешная. Жаль, ты не видел. После отъезда брата я ни разу так не хохотал. Мой брат прикольно рассказывал анекдоты про поляков, что, конечно, нехорошо, но я старался не думать, что это про поляков, а слушал только юмор. До чего потешно.

Да, между прочим: сестра потребовала назад сборник «Осенние листья». Крутит его теперь с утра до вечера.

Счастливо.
Чарли

29 сентября 1991 г.

Дорогой друг!

За последние две недели много чего накопилось, хочу рассказать. Есть хорошие новости, но есть и плохие. Опять же, не понимаю, почему только так и бывает.

Прежде всего: за сочинение по книге «Убить пересмешника» Билл поставил мне тройку. Говорит, у меня рыхлая структура предложений. Теперь пытаюсь с этим бороться. Еще он сказал, что нужно использовать литературные слова, которые обсуждаются на уроках: например, «пышнотелый», «предубежденность». Я бы и рад их сюда вставить, но, по-моему, это будет совсем не к месту.

Если честно, я вообще не понимаю, где они будут к месту. Это не означает, что их вовсе не нужно знать. Знать их нужно, обязательно. Просто я никогда не слышал, чтобы кто-нибудь говорил «пышнотелый» или «предубежденность». Включая учителей. Зачем же притягивать за уши непонятные слова, которые даже произносить неловко? Не знаю.

Такое же чувство у меня бывает по отношению к кинозвездам, на которых неловко смотреть. Деньжищ у них — не меньше миллиона, а их все тянет в кино сниматься. Взрывают плохих парней. Орут на своих сыщиков. Дают интервью журналам. В особенности одна есть «звезда» — когда вижу ее фотографии, ничего, кроме жалости, не испытываю: никто ее в грош не ставит, но все равно интервью берут. И все интервью — как под копирку.

Вначале журналист сообщает, что именно они заказали в каком-то там ресторане. «Лакомясь китайским куриным салатом, N говорила о любви». И на всех обложках пишется одно и то же: «Со своим новым фильмом / телепрограммой / альбомом N достиг(-ла) вершин славы и успеха».

По мне, лучше, когда звезды в своих интервью стремятся показать, будто они такие, как все, но, если честно, я подозреваю, что это все туфта. Знать бы только, кто ее гонит. Не понимаю, почему эти журналы расходятся такими тиражами. Не понимаю, почему дамочки, ожидая приема у стоматолога, от них не отрываются. В позапрошлую субботу слышал такой разговор:

— Ты смотрела этот фильм? — Указывает на обложку.

— А как же. Мы с Гарольдом ходили.

— И как тебе?

— Она — прелесть.

— Да-да. Очень мила.

— Ой, я такой рецепт списала!

— Диетический?

— Угу.

— Сможешь мне завтра передать?

— Нет, завтра не смогу. Ты попроси Майка, чтобы он по факсу Гарольду переслал, договорились?

— Хорошо.

Потом эти дамочки завели речь как раз о той актрисе, про которую я только что тебе говорил, и начали возмущаться:

— Я считаю, это позор.

— Ты читала интервью в «Уютном доме»?

— Пару месяцев назад?

— Угу.

— Позор.

— А в «Космополитен» читала?

— Нет.

— Господи, практически слово в слово.

— Не понимаю, за что к ней столько внимания.

Оттого что одной из этих дамочек была моя мама, мне вдвойне грустно, потому что мама у меня — красавица. И постоянно сидит на диете. Иногда и папа говорит, что она красавица, но она не слышит. Кстати, мой отец — образцовый муж. Только прагматик.

От зубного мама повезла меня на кладбище, где у нее похоронено множество родственников. Папа не любит ездить на кладбище, у него там мурашки по телу. А я ничего, езжу, потому что там моя тетя Хелен похоронена. Из двоих сестер мама всегда была красивая, а тетя Хелен — на втором месте. И никогда на диете не сидела. Тетя Хелен была «пышнотелой». Ого, получилось!

Когда тетю Хелен просили с нами посидеть и потом, уже переехав к нам в семью, она не загоняла нас спать и разрешала посмотреть «Субботним вечером в прямом эфире», когда предки уходили в гости, чтобы там выпить и поиграть в настольные игры. Помню, в раннем детстве я засыпал под «Корабль любви» и «Остров фантазий», а брат с сестрой и тетя Хелен смотрели дальше. В детстве у меня никогда не получалось бороться со сном, а жаль, потому что брат с сестрой иногда вспоминают те моменты. Может, и грустно, что остались одни воспоминания. А может, и не грустно. Может, все дело в том, что мы любили тетю Хелен (а я — больше всех) и радовались, когда нас оставляли на нее.

Не буду перечислять, что мне запомнилось из телесериалов, вспомню только один эпизод, он как раз в тему и, по-моему, так или иначе зацепит любого. А поскольку я тебя не знаю, мне, наверно, стоит написать о том, что может и тебя зацепить.

Сидели мы всей семьей перед телевизором, смотрели последнюю серию «Чертовой службы в госпитале МЭШ» — никогда ее не забуду, хоть и был тогда совсем шкетом. Мама лила слезы. Сестра лила слезы. Брат из последних сил крепился, чтобы не заплакать. А отец во время одной из последних сцен вышел, чтобы сделать бутерброд. Не помню, что там происходило на экране, я тогда был слишком мал, но папа никогда раньше не выходил за бутербродами, разве что во время рекламы, да и тогда все больше маму просил. Я побежал за ним в кухню и вижу: папа делает бутерброд... а сам слезами обливается. Еще сильней, чем мама. Я обалдел. Сделал он бутер, убрал в холодильник продукты, перестал плакать, утер глаза — и тут заметил меня. Подошел, похлопал по плечу и говорит: «Это будет наш с тобой секрет, ладно, дружище?» — «Ладно», — отвечаю. Тогда папа подхватил меня свободной рукой, отнес в комнату, где у нас стоял телевизор, и я до конца серии просидел у него на коленях. Потом он снова взял меня на руки, выключил телик, обернулся.

И объявил:

— Это был великий сериал.

Мама сказала:

— Самый лучший.

А сестра спросила:

— Сколько же лет его показывали?

И брат ей ответил:

— Девять лет, дуреха.

А сестра ему:

— Сам ты... дурень.

И папа сказал:

— А ну, прекратите.

А мама сказала:

— Слушайтесь папу.

Брат ничего не сказал.

Сестра тоже.

А через много лет я обнаружил, что мой брат ошибался.

Я пошел в библиотеку проверить кое-какие цифры и узнал, что серия, которую мы смотрели, побила все рекорды по числу зрителей за всю историю телевидения, и это меня поразило: мне казалось, ее смотрели только мы впятером.

Понимаешь... многие ребята из школы терпеть не могут своих предков. Кое-кого дома бьют. Кое-кого застукали за неблаговидными делишками. Кое-кого используют для показухи, как наградные ленты или золотые звездочки, чтобы только соседям нос утереть. А некоторые просто хотели напиться втихаря.

У меня лично все не так: пусть я отца с матерью не всегда понимаю, а иногда и жалею, но я их очень сильно люблю. Мама ездит на кладбище, чтобы проведать своих родных. Папа на кухне, во время «Чертовой службы в госпитале МЭШ», не удержался от слез и доверил мне свой секрет, а потом посадил к себе на колени и еще тогда назвал меня «дружище».

Между прочим, у меня только одна пломба, и стоматолог требует, чтобы я пользовался зубной нитью, но мне себя не заставить.

Счастливо.

Чарли

6 октября 1991 г.

Дорогой друг!

Мне дико стыдно. На днях пошел на футбольный матч старшеклассников, а зачем — сам не знаю. В средней школе мы с Майклом иногда ходили вместе, хотя компании у нас не было. Просто нужно было куда-то податься в пятницу, не все же перед теликом сидеть. Иногда мы там встречали Сьюзен, и они с Майклом брались за руки.

Но тут я пошел один, потому что Майкла больше нет, Сьюзен теперь водится с другими парнями, а Бриджет, как и прежде, чокнутая, а Карл по настоянию матери перевелся в католическую школу, а Дейв, тот, что в нелепых очечках, куда-то переехал. Я в основном за зрителями наблюдал: кто в кого втюрился, кто от нечего делать пришел, и вдруг я увидел парня, про которого уже тебе рассказывал. Помнишь, есть такой Никак? Никак тоже был на футболе и один из немногих, не считая взрослых, следил за игрой. Реально следил за игрой. Подбадривал игроков.

— Давай, Брэд! — (Это наш квотербек.)

Я обычно в сторонке держусь, но Никак, похоже, такой парень, к которому можно запросто подвалить на футболе, хотя ты на три года младше и компанией не обзавелся.

— Эй, мы с тобой на труд вместе ходим!

До чего приветливый человек.

— Я — Чарли, — говорю и даже не особо стушевался.

— Я — Патрик. А это Сэм.

И показывает на миленькую девушку, которая тут же сидит. Она мне помахала.

— Привет, Чарли.

Они оба стали предлагать мне сесть с ними, и, похоже, искренне, так что я сел рядом. Слушал, что выкрикивает Никак. Слушал, как он комментирует ход игры. И сделал вывод, что в футболе он рубит — будь здоров. Почти как мой брат. Пожалуй, дальше я не буду говорить «Никак» — буду называть его Патриком, тем более что он сам так представился, да и Сэм его так зовет.

У Сэм, между прочим, каштановые волосы и очень-очень красивые зеленые глаза. Такого неброского зеленого цвета. Я бы мог и раньше это упомянуть, но на стадионе такое освещение, что там все цвета как бы размыты. Вот когда мы с ними пошли в «Биг-бой» и Сэм с Патриком стали курить без продыху, я ее разглядел как следует. Что мне понравилось: Патрик и Сэм не стали обмениваться только им понятными шуточками, которые могли бы меня поставить в тупик. Наоборот. Они начали меня расспрашивать:

— Сколько тебе лет, Чарли?

— Пятнадцать.

— Кем ты хочешь стать?

34

— Еще не решил.

— Какая твоя любимая группа?

— Наверно, *Smiths* — мне у них нравится песня «Asleep», но точно сказать не могу — я другие их песни плохо знаю.

— А какой твой любимый фильм?

— Не знаю. По мне, все фильмы одинаковы.

— А какая твоя любимая книга?

— «По эту сторону рая» Скотта Фицджеральда.

— Почему?

— Потому что я ее только что прочел.

Тут они рассмеялись — поняли, что я не выпендриваюсь, а серьезно говорю.

Затем они мне рассказали о своих любимых вещах, и мы замолчали. Я съел кусок пирога с тыквой, потому как официантка сказала, что это сезонное блюдо, а Патрик и Сэм еще покурили.

Понаблюдал я за ними: им вместе хорошо. Еще как хорошо. И хотя Сэм выглядит шикарно и сама такая милая, она стала первой девушкой, которую я задумал пригласить на свидание, когда машиной обзаведусь, и неважно, что у нее парень есть, даже такой классный, как Патрик.

— Вы давно встречаетесь? — спрашиваю.

А они хохочут. Реально хохочут.

— Что смешного? — спрашиваю.

— Мы — брат и сестра, — отвечает Патрик сквозь смех.

— Но вы, — говорю, — совсем непохожи.

Тогда Сэм объяснила, что они на самом-то деле сводные брат и сестра: отец Патрика женился на матери Сэм. Я от радости чуть с ума не сошел, потому что всерьез задумал когда-нибудь пригласить Сэм на свидание. Честно. Она такая хорошая.

Стыдно, конечно, но той ночью мне приснился нелепый сон. Мы были с Сэм. Голые. И она раздвинула ноги на всю ширину дивана. Я проснулся. Никогда в жизни мне не было так клево. Но и неловко тоже, потому как я без спросу разглядывал ее голую. Наверно, мне нужно признаться в этом Сэм — надеюсь, это не помешает нам в будущем обмениваться шуточками, понятными только нам двоим. Здорово, если бы у меня снова была дружба. По мне, это даже лучше, чем свидание.

Счастливо.
Чарли

14 октября 1991 г.

Дорогой друг!

Ты знаешь, что такое «мастурбация»? Наверняка знаешь, ты ведь старше меня. Но на всякий случай объясняю. Мастурбация — это когда возбуждаешь свои половые органы, пока не достигнешь оргазма. Супер!

Я даже подумал, что в кино и в сериалах, когда говорят «перерыв на кофе», герои, возможно, используют это время для мастурбации. Хотя нет, тогда работоспособность снизится.

Шутка. На самом деле ничего я такого не подумал. Просто хотел тебя развеселить. Но «супер» — это я серьезно.

Я признался Сэм, что видел тот сон, когда мы с ней голышом лежали на диване, и до того мне стало паршиво, что я заплакал; а она что, как ты думаешь? Посмеялась. Причем не гнусно, нет. А по-доброму, тепло. Сказала, что я — чудо. И еще сказала: это нормально, что она мне приснилась. У меня сразу слезы высохли. А Сэм спросила, как она выглядела в моем сне, и я ей ответил: «Изумительно». Тогда она посмотрела на меня в упор.

— Чарли, тебе не приходило в голову, что по возрасту ты мне не подходишь? Тебе это понятно?

— Понятно.

— Я не хочу, чтобы ты понапрасну обо мне мечтал.

— Не буду. Это просто сон.

Тут Сэм меня обняла, и мне стало не по себе, потому что у нас в семье никогда особо не любили обниматься, разве что тетя Хелен. Но в следующий миг я втянул запах духов Сэм, почувствовал близость ее тела. И отступил назад.

— Сэм, я не виноват, что о тебе мечтаю.

Она молча на меня посмотрела, покачала головой. Затем положила руку мне на плечо и повела по коридору. А навстречу нам Патрик — они с ним иногда уроки мотают. Курить бегают.

— У Чарли ко мне чарлианские чувства, Патрик.

— Серьезно?

— Я с этим борюсь. — Это я поспешил обставиться, а они засмеялись.

Патрик попросил Сэм отойти, она так и сделала, а он мне кое-что объяснил, чтобы я понимал, как общаться с другими девушками и не мечтать попусту о Сэм.

— Чарли, тебе кто-нибудь рассказывал, как строятся отношения?

— Да вроде нет.

— Ты пойми: есть определенные правила, хочешь не хочешь, а надо их соблюдать. Сечешь?

— Вроде да.

— Так вот. Возьмем, к примеру, девчонок. Откуда они узнают, как вести себя с парнями: приглядываются к своим мамашам, журнальчики читают, всякое такое.

Прикинул я насчет матерей, журнальчиков, всякого такого — и задергался: неужели ТВ тоже сюда относится?

— Ну нет, в кино девушки сплошь и рядом западают на каких-то придурков или еще того хуже. В жизни все не так просто. Им подавай того, кто ставит перед ними цель.

— Цель?

— Ну да. Понимаешь, девчонке всегда хочется парня переделать. И она выбирает для себя конкретный образец, по которому сверяет свои действия. Начинает, к примеру, играть роль мамы. А если мама вокруг тебя не суетится, не заставляет прибираться в комнате, зачем такая нужна? И где бы ты был, если бы мама вокруг тебя не суетилась и не заставляла прибираться? Мама каждому нужна. И сама это знает. Ты для нее — цель жизни. Понял?

— Ага, — говорю, хотя сам ни черта не понял. Ну, то есть понял ровно столько, чтобы сказать «ага» и при этом не соврать.

— Вся штука в том, что девчонка обычно считает, будто парня можно перевоспитать. Но что характерно: если бы она и впрямь сумела его перевоспитать, то потеряла бы к нему всякий интерес. Цели-то не останется. Девчонкам постоянно требуется время на обдумывание новых подходов, вот и все. Одна быстро сообразит. Другая не сразу. Третья — никогда. Я бы на этом не зацикливался.

А я-то, похоже, зациклился. Наш разговор у меня из головы не идет. Смотрю, как в коридорах парочки за руки держатся, и стараюсь представить, что для этого нужно. А на школьных дискотеках сижу где-нибудь сзади и отбиваю ритм ногой, а сам думаю, сколько из этих парочек танцует «под свою музыку». В коридорах вижу, что у девчонок на плечи наброшены пиджаки парней, и размышляю на тему собственности. И еще пытаюсь для себя решить, бывают ли по-настоящему счастливые люди. Хочется верить, что бывают. Реально хочется.

Билл заметил, что я наблюдаю за другими, и после урока спросил, о чем мои мысли, и я ему стал рассказывать. Он слушал, кивал, реагировал, пусть и без слов. Когда я умолк, у него на лбу было написано: «серьезный разговор».

— Ты всегда так много размышляешь, Чарли?

— Разве это плохо? — Я просто хотел, чтобы хоть кто-нибудь сказал мне правду.

— Само по себе — неплохо. Просто люди зачастую уходят в свои мысли, чтобы не погружаться в жизнь.

— Это плохо?

— Это плохо.

— Ну, я-то, по-моему, погружаюсь. Или вы так не думаете?

— Вот, например, ты когда-нибудь танцуешь?

— Да я не умею.

— А свидания назначаешь?

— Во-первых, у меня машины нет, а если б и была, нужно еще права получить, а мне всего пятнадцать, и вообще у меня девушек знакомых нет, кроме Сэм, но я ей по возрасту не подхожу, ей бы пришлось всю дорогу за рулем сидеть, а это, я считаю, неправильно.

Билл только улыбнулся и стал дальше расспрашивать. Мало-помалу добрался до «проблем в семье». Тогда я ему рассказал, как тот парень, который сборники записывает, влепил моей сестре пощечину, — сестра просила только маме с папой ничего не говорить, так что Биллу, я подумал, можно. Выслушал он с самым серьезным видом, а потом сказал одну фразу, которую я, наверно, до самых каникул помнить буду, а может, и дольше.

— Чарли, мы принимаем такую любовь, какой, с нашей точки зрения, заслуживаем.

Я прямо остолбенел. Билл похлопал меня по плечу и дал еще одну книгу. Сказал, что все образуется.

Из школы я обычно возвращаюсь пешком, с чувством выполненного долга. В будущем это даст мне право сказать своим детям, что в школу я ходил пешком, как мои дед с бабушкой «в старые добрые времена». Удивительно: сам даже ни разу на свидании не был, а так далеко загадываю, но смысл в этом есть. На школьном автобусе домой можно добраться на час быстрее, чем на своих двоих, но, когда на улице ясно и прохладно, как сегодня, проветриться очень даже неплохо.

Прихожу домой — сестра сидит на стуле. Перед ней стоят мама с папой. И я сразу понял, что Билл позвонил нашим предкам и все выложил. До чего же мне стало паршиво. Что я натворил.

Сестра плачет. Мама как в рот воды набрала. Разглагольствует только отец. Мол, он категорически запрещает моей сестре встречаться с парнем, который поднял на нее руку, и сегодня же поговорит с его родителями. Сестра твердит, что сама виновата, довела его, но папа счел, что это не оправдание.

Сестра прямо захлебывается:

— Я все равно его люблю!

Никогда еще не видел, чтобы она так истерила.

— Это неправда.

— Ненавижу тебя!

— Это неправда.

Папе иногда удается сохранять полное хладнокровие.

— Он — вся моя жизнь.

— Больше ни про кого таких вещей не говори. Даже про меня.

Это мама голос подала. Она у нас высказывается редко, но метко, и в связи с этим я кое-что должен пояснить насчет нашей семьи. Если уж мама открыла рот, то всегда одержит верх. Вот и теперь так вышло. У сестры тут же слезы высохли.

Папа — в кои веки — поцеловал ее в лоб. А потом сел в свой «олдсмобиль» и умчался. До меня дошло, что он поехал к родителям того парня. Мне их даже жалко стало, родителей его. Потому что мой папа никому спуску не дает. Никому.

Мама пошла на кухню, чтобы сестре приготовить что-нибудь вкусненькое, а сестра ко мне повернулась:

— Ненавижу тебя.

Она сказала это не сгоряча, как отцу. А на полном серьезе. Честное слово.

— А я, — говорю, — тебя люблю.

Что еще на это можно ответить?

— Ты дебил, ясно? С рождения. Все говорят, что ты дебил.

— Я над собой работаю.

Пошел к себе в комнату, дверь затворил поплотнее, голову подушкой накрыл и стал ждать, когда тишина расставит все по местам.

К слову сказать, ты, наверно, интересуешься насчет моего отца. Поколачивал ли он нас в детстве, а может, и потом? Я почему догадался про твой интерес к этому вопросу: Билл тоже полюбопытствовал, когда я ему рассказал про того парня и мою сестру. Так вот, если хочешь знать: никогда. Пальцем не тронул ни брата, ни сестру. А мне от него досталось только один раз, когда я довел до слез тетю Хелен. Зато когда мы все успокоились, он опустился передо мной на колени и сказал, что в детстве его избивал отчим, а потому в студенческие годы, когда наша мама забеременела моим старшим братом, папа решил, что никогда не поднимет руку на своих детей. А сейчас нарушил свой зарок и не может себе этого простить. Реально, он был сам не свой. Переживал. Сказал, что больше такое не повторится. И слово свое держит.

Хотя наказать может по всей строгости.

Счастливо.

Чарли

15 октября 1991 г.

Дорогой друг!

Кажется, в последнем письме я забыл упомянуть, что про мастурбацию рассказал мне Патрик. Кажется, не сказал и о том, часто ли этим занимаюсь. Да, постоянно. На картинки смотреть не люблю. Просто закрываю глаза и представляю себе какую-нибудь незнакомку. И стараюсь не стыдиться. Про Сэм я в это время не думаю. Никогда. Это для меня важный момент, потому что я очень обрадовался, когда она сказала «чарлианские чувства», — как будто у нас с ней появилась шутка, понятная только двоим.

А однажды вечером я так устыдился, что пообещал Богу больше этим не заниматься. Попробовал использовать одеяло, но от него только саднило, попробовал использовать подушку, но от подушки тоже саднило, так что я вернулся к привычному способу. Родители мне особой набожности не привили, так как их обоих в свое время запихнули в католическую школу, но я в Бога верую. Просто никогда не называю Его по имени — ну, ты понимаешь. Надеюсь, я Его все же не сильно прогневал.

Между прочим, отец тогда и вправду серьезно поговорил с предками того парня. Его мамаша вышла из себя и разоралась на сына. Папаша молчал. Мой отец старался не переходить на личности. Не стал им пенять, что они воспитали сына «подонком», ничего такого.

У него была единственная цель: заручиться их поддержкой, чтобы отвадить этого перца от моей сестры. Когда вопрос был решен, он оставил их разбираться со своими семейными делами, а сам поехал разбираться со своими. По крайней мере, так он выразился.

Я задал папе один-единственный вопрос: есть ли у того парня проблемы в семье? Ну, бьют ли его родители. Папа ответил, что это меня не касается. Потому что ответа сам не знал — ни о чем их не спрашивал и считал, что это к делу не относится.

— Не у каждого есть душещипательная история, Чарли, а если даже есть, это не оправдание.

Больше он ничего не сказал. И пошел смотреть телевизор.

Сестра до сих пор на меня злится, но папа сказал, что я поступил правильно. Хотелось бы верить, но иногда трудно определить.

Счастливо.
Чарли

28 октября 1991 г.

Дорогой друг!

Извини, две недели тебе не писал: я старался, говоря словами Билла, «погружаться в жизнь». Вот странно: иногда я читаю книгу и представляю себя на месте героев. Пишу письма — а потом дня два разбираюсь, к чему пришел в этих письмах. Сам не знаю, хорошо это или плохо. Но так или иначе, стараюсь погружаться.

К слову, та книга, которую дал мне почитать Билл, называется «Питер Пэн», автор — Дж. М. Барри. Я знаю, про что ты подумал. Про мультик о Питере Пэне и пропавших детях. На самом деле книга намного интереснее. Здесь главное — этот мальчик, который не хочет взрослеть, а когда повзрослела Венди, он расценил это как предательство. По крайней мере, я именно так это понимаю. Наверно, Билл хочет, чтобы эта книга стала для меня уроком, только каким?

Но есть и хорошая новость: книгу я закончил и, поскольку в ней все выдумано, ни разу не вообразил себя на месте героев. То есть я и книжку читал, и погружался в жизнь.

Чтобы хорошенько погрузиться в жизнь, стараюсь посещать разные школьные мероприятия. Во всякие там кружки по интересам записываться уже поздно, но есть и другие возможности. Например, футбольный матч и дискотека по случаю встречи выпускников, а что у меня девушки нет, это ничего.

Сам я наверняка не стану приезжать в школу на встречи однокашников, но почему бы не приколоться? Нашел я на трибунах, где обычно, Патрика и Сэм и начал изображать долгожданную встречу по прошествии года, хотя мы с ними виделись на большой перемене, когда я ел свой апельсин, а они курили.

— Патрик, ты ли это? И Сэм здесь... сколько лет, сколько зим. Кто выигрывает? Господи, как меня достал этот колледж. Препод на выходные задал прочесть двадцать семь книг, а моя девушка требует, чтобы я ей ко вторнику изготовил транспаранты для митинга протеста. Пусть правительство знает, что мы шутить не намерены. Отец пропадает в гольф-клубе, мать — на теннисном корте. Надо будет нам с вами как-нибудь потусоваться. К сожалению, у меня времени в обрез: нужно еще заехать за сестрой на курсы психической саморегуляции. Она добилась значительных успехов. Рад был повидаться.

Сказал — и отошел. Купил в киоске на стадионе три коробки начос и диетическую колу для Сэм. Вернулся на трибуну, сел, вручил им по коробке начос, а Сэм еще и диетическую колу. И Сэм улыбнулась. Все-таки она классная: когда я прикалываюсь, она никогда не говорит, что я чокнутый. Патрик тоже ничего такого не говорит, но тут он был слишком увлечен игрой и все время кричал что-то Брэду, квотербеку.

Сэм рассказала, что после матча они поедут к друзьям на вечеринку. Спросила, не хочу ли я присоединиться, и я сказал, что конечно хочу, потому как на вечеринке никогда еще не был. Правда, видел у нас дома, как это происходит.

Мои предки уехали в Огайо к какой-то дальней родственнице то ли на свадьбу, то ли на похороны, сейчас уже не помню. За старшего оставили моего брата. Ему тогда было шестнадцать. Он, не будь дураком, воспользовался случаем и закатил вечеринку: пиво там и все такое. Мне велели сидеть у себя в комнате и не высовываться, но я был даже рад: в моей комнате сгрузили верхнюю одежду, и я не преминул обшарить все карманы. Каждые минут десять ко мне заваливались подвыпившие ребята и девушки — видно, искали укромное место. Но как только меня замечали, сразу ретировались. Все, кроме одной парочки.

Эти двое (мне потом рассказали, что ребята они заметные и по уши влюблены) ввалились ко мне и спрашивают: не возражаю ли я, если они тут побудут. Не возражаю, говорю, мне-то что, так они дверь закрыли и начали целоваться. Взасос. Потом парень залез ей под блузку, и она стала сопротивляться:

— Нет, Дейв.
— Почему?
— Здесь мальчик.
— Ну и что?

А сам так и лезет ей под блузку, и чем больше она отнекивалась, тем настырнее он ее тискал. Через пару минут она уже не сопротивлялась, он стянул с нее блузу, и она осталась в белом кружевном лифчике. Я прямо не знал, куда деваться. Очень скоро он и лифчик с нее сдернул и начал целовать ей грудь. А потом залез ей в брюки, и она застонала. По-моему, оба напились вдрабадан. Он хотел и брюки с нее стянуть, но она заплакала, тогда он за свою ширинку взялся. Спустил брюки и трусы до колен.

— Умоляю, Дейв. Не надо.

А он знай нашептывает ей, какая она красивая и все такое, вложил ей в ладони свой член и начал двигаться туда-сюда. Я бы и рад описать это более деликатно, чтобы не прибегать к таким словам, как «член», но что было, то было.

Потом он пригнул ей голову, и девчонка стала целовать его член. А сама все еще плакала. Но вскоре умолкла, потому что он засунул член ей в рот — в такой позе не больно поплачешь. Дальше я не смотрел — боялся, что меня вырвет, но они не унимались, а потом кое-что еще стали делать, и она все время повторяла «нет». Я даже уши заткнул, но все равно слышал.

Пришла моя сестра, принесла мне чипсы, застукала парня с девчонкой, и они прекратили. Моя сестра готова была сквозь землю провалиться, та девушка — тем более. А парню хоть бы что. Он в разговоры не вступал. Когда они вышли, сестра меня спрашивает:

— Они тебя видели?

— Конечно. Они сами ко мне напросились.

— Почему ты их не остановил?

— Откуда я знал, чем они тут занимаются?

— Извращенец, — бросила напоследок сестра и вылетела из комнаты, и чипсы с собой забрала.

Я рассказал эту историю Патрику и Сэм; они помолчали. Затем Сэм сказала, что когда-то встречалась с Дейвом, пока не увлеклась панк-роком, а Патрик добавил, что наслышан о той вечеринке. Это меня не удивило, потому что те события, можно сказать, обросли легендами. По крайней мере, я в этом не раз убеждался, когда рассказывал ребятам, кто мой старший брат.

Когда приехали полицейские, брат спал на крыше дома. До сих пор неизвестно, как он туда попал. Моя сестра обжималась в кладовке с каким-то парнем из выпускного класса. Сама она тогда была в девятом. За многими ребятами приехали родители, многие девчонки плакали и блевали. Парни в большинстве своем к этому времени успели свалить. У брата были жуткие неприятности, а с сестрой родители провели «серьезную беседу» на предмет дурного влияния. В общем, все утряслось.

Парень по имени Дейв в этом году заканчивает школу. Играет в футбольной команде. На длинных пасах. Я застал окончание матча, когда Дейв поймал тачдаун, посланный Брэдом. Наша школа одержала победу. Но у меня не шла из головы та вечеринка. Сперва я помалкивал, а потом не выдержал и спросил у Сэм:

— Он ее изнасиловал, да?

Она только кивнула. Я так и не понял: она переживала или просто знала больше моего?

— Надо кому-нибудь сказать, ты согласна?

На этот раз Сэм помотала головой. Потом она мне объяснила, через что нужно пройти, чтобы это доказать, особенно если дело касается школьников, которые к тому же на виду и до сих пор влюблены.

На другой день была дискотека. Я увидел, как они танцуют. Дейв и его девушка. И пришел в дикую ярость. Даже сам испугался. Хотел подскочить к Дейву и со всей силы надавать ему по морде, как мог бы надавать Шону. Спасибо, Сэм удержала: приобняла меня за плечи, как она одна умеет. Успокоила меня, и это к лучшему, потому как я бы окончательно с катушек сорвался, если бы накинулся с кулаками на Дейва, а девчонка бы за него вступилась — по любви.

Короче, я тогда придумал другую месть: спустить Дейву шины. Сэм показала мне его тачку.

В пятницу вечером, после футбольного матча, посвященного встрече выпускников, я испытал такие ощущения, которые, наверно, никогда не сумею описать; скажу только, что погода стояла теплая. Сэм и Патрик посадили меня в ее пикап, и мы поехали на вечеринку. Я сидел посредине. Сэм любит свой пикап — думаю, потому, что он напоминает ей об отце. А те ощущения, которые я упомянул, возникли у меня тогда, когда Сэм попросила Патрика найти какую-то радиостанцию. А он все время попадал на рекламу. Раз за разом. И еще на какую-то пошлую любовную песню, в которой все время повторялось «беби». И снова на рекламу. В конце концов он нашел потрясную песню, про одного парня, и мы все трое замолчали.

Сэм отбивала пальцами ритм по баранке. Патрик высунул руку в окно и дирижировал. А я просто сидел между ними. Песня кончилась, и я высказался:

— Я бесконечен.

Тут Сэм и Патрик уставились на меня, как на пророка. Это из-за того, что песня была суперская и мы ее очень внимательно слушали. Пять минут были прожиты не напрасно, и мы по-хорошему ощутили юность. Я потом купил эту пластинку и мог бы тебе ее назвать, но, если честно, эффект будет совсем не такой, как при поездке в пикапе на первую в жизни вечеринку, когда сидишь между двумя клевыми ребятами, а на улице начинается дождик.

Приехали мы по нужному адресу, и Патрик постучался условным стуком. Я бы при желании мог повторить, а описать не берусь. Дверь слегка приоткрылась: оттуда выглянул этот парень, у которого волосы вьются мелким бесом.

— Патрик, он же Патти, он же Никак?

— Здорово, Боб.

Дверь распахнулась, старые друзья обнялись. Потом Сэм и Боб тоже обнялись. Сэм заговорила:

— Это наш друг, Чарли.

Ты не поверишь. Боб и меня обнял! Пока мы вешали куртки, Сэм мне шепнула, что Боб сегодня «обдолбанный в задницу». Вынужден цитировать дословно, хотя это и бранные слова.

Вечеринка проходила в подвальном помещении. Там было накурено, ребята оказались намного старше меня. Две девчонки хвастались друг перед дружкой своими татуировками и пупочным пирсингом. Выпускной класс, решил я.

Один парень, Фриц, объедался бисквитами «твинкиз» с кремовой начинкой. Его подруга что-то талдычила о правах женщин, а он повторял: «Верно, малышка».

Сэм и Патрик закурили. Боб, услышав звонок, поднялся в кухню, а потом вернулся с банками пива «Милуоки бест» по числу присутствующих и с двумя вновь прибывшими. Одна из них, Мэгги, сразу объявила, что ей нужно в туалет. А вторым был Брэд, квотербек команды старшеклассников. Собственной персоной!

Не знаю, что меня так зацепило, но, когда ты до этого видел человека только в коридоре или на поле, приятно убедиться, что это реальное лицо.

Ко мне все отнеслись приветливо, стали расспрашивать что да как. Наверно, это потому, что я среди них оказался самым младшим и они хотели, чтобы я поскорей освоился, раз уж от пива отказался. Мне лет в двенадцать брат как-то дал пиво попробовать — гадость. Но я по этому поводу не комплексую.

Ребята спрашивали, в каком я классе, кем хочу стать.

— Я только в девятом, пока не решил.

Огляделся — и не увидел ни Сэм с Патриком, ни Брэда. Тут Боб стал разносить угощения.

— Шоколадный кекс?

— Давай. Спасибо.

На самом деле я жутко проголодался, ведь Сэм с Патриком обычно после футбола ведут меня в «Биг-бой», я уж привык. Съел я ломтик шоколадного кекса: вкус малость непривычный, но кекс — он и есть кекс, мне понравился. Хотя с какой-то пропиткой непривычной. Ты ведь старше меня — понимаешь, наверно, что это была за пропитка.

Через полчаса комната стала от меня уплывать. Разговорился я с одной из тех девчонок, что с пупочным пирсингом, и она замелькала передо мной, как на экране. Я заморгал, огляделся, и музыка потекла тяжелой струей, как вода.

По лестнице к нам спустилась Сэм, увидела меня и обернулась к Бобу:

— Ты что, сдурел?

— Успокойся, Сэм. Ему нравится. Не веришь — спроси.

— Как самочувствие, Чарли?

— Легкое.

— Убедилась?

На самом деле Боб выглядел каким-то дерганым; мне потом сказали, что его одолела жесткая паранойя.

Сэм присела рядом со мной и взяла за руку; рука у меня была холодная.

— Ты что-нибудь видишь, Чарли?

— Легкость.

— Тебе хорошо?

— Ага.

— Пить хочешь?

— Ага.

— Что тебе принести?

— Молочный коктейль.

Все, кроме Сэм, грохнули со смеху.

— Да он кайф словил!

— Кушать хочешь, Чарли?

— Ага.

— Что тебе принести?

— Молочный коктейль.

Тут они заржали так, будто я удачно сострил. Тогда Сэм потянула меня за руку и удержала на шатком полу.

— Пошли. Будет тебе молочный коктейль.

Уже в дверях она повернулась к Бобу:

— Скотина ты редкостная.

Боб только хохотнул. Сэм под конец тоже посмеялась. А я радовался, что всем хорошо.

Поднялись мы с Сэм в кухню, она включила свет. Ого! Такой яркий, что даже не верилось.

Знаешь, как в кино бывает: сидишь на дневном сеансе, а когда выходишь на улицу, не можешь поверить, что там до сих пор светлынь. Откуда ни возьмись, появились мороженое, молоко и блендер. Я спросил, где туалет, и Сэм, как у себя дома, направила меня за угол. Думаю, они с Патриком частенько здесь тусовались, когда Боб еще учился в школе.

Выхожу я из туалета и слышу какое-то шевеление в комнате, где наши куртки были свалены. Открываю дверь — и вижу: Патрик целуется с Брэдом. Вроде как украдкой. Услышали они, как я дверь открыл, обернулись. Первым заговорил Патрик:

— Это ты, Чарли?

— Сэм обещала мне молочный коктейль.

— Откуда здесь этот мелкий? — Брэд не на шутку психанул, причем совсем не так, как Боб.

— Это мой друг. Не волнуйся.

Патрик вывел меня из комнаты, прикрыл за собой дверь. Положил руки мне на плечи, посмотрел в упор:

— Брэд не хочет, чтобы об этом стало известно.

— Почему?

— Боится.

— Чего?

— Ну, он... постой-ка... ты что, кайф словил?

— Эти, внизу, тоже так говорят. Сэм обещала мне молочный коктейль.

Патрик едва не прыснул.

— Послушай меня, Чарли. Брэд не хочет огласки. Пообещай, что никому не скажешь. Это будет наш маленький секрет, хорошо?

— Хорошо.

— Вот спасибо.

С этими словами Патрик развернулся и нырнул обратно в комнату. До меня донеслись приглушенные голоса, Брэд, похоже, вконец расписиховался, а я решил, что это не мое дело, и вернулся на кухню.

Должен сказать, в жизни не пробовал такого молочного коктейля. Это была такая вкуснотища, что мне аж страшно стало.

Перед уходом Сэм поставила для меня парочку своих любимых песен. Одна называлась «Черный дрозд». Вторая — «М. Л. К.». Обе суперские. Я потому уточняю названия, что впоследствии, на ясную голову, оценил эти песни по-настоящему.

Перед уходом произошел еще один примечательный эпизод. Патрик спустился к нам вниз. Брэд, по-моему, свалил. И Патрик заулыбался. Боб начал его подкалывать, что он, мол, неровно дышит к нашему квотербеку. Патрик еще шире заулыбался. Пожалуй, таким улыбчивым я его никогда еще не видел. Затем Патрик ткнул пальцем в мою сторону и сказал Бобу так:

— Это что-то с чем-то, да?

Боб кивнул. А Патрик — никогда не забуду — добавил:

— Тихоня наш.

Боб не просто кивнул, а головой затряс. И все, кто был в комнате, покивали. А я задергался, совсем как Боб, но Патрик мне особо дергаться не дал. Подсел ко мне.

— Разуваем глаза и смотрим. Что видим — помалкиваем. И мотаем на ус.

А я-то и не подозревал, что у ребят были на мой счет хоть какие-то мысли. Не подозревал, что они вообще смотрели в мою сторону.

Во время моей первой настоящей вечеринки, сидя на полу в подвале между Сэм и Патриком, я вдруг вспомнил, что Сэм представила меня Бобу как своего друга. И еще вспомнил, что Патрик точно так же сказал про меня Брэду. И у меня потекли слезы. Никто на меня не косился, как на придурка. И я не стал сдерживаться.

Боб взял себе пиво, попросил всех сделать то же самое и поднял тост:

— За Чарли.

И вся тусовка хором повторила:

— За Чарли.

Не знаю, почему им такое пришло в голову, но для меня это был не пустой звук.

Главное, что среди них была Сэм. Это главное.

Я бы мог тебе в подробностях рассказать и про дискотеку, но сейчас мне уже кажется, что самое клевое было — как я Дейву шины спустил. Нет, сперва я, конечно, хотел потанцевать, как Билл советовал, но мне обычно нравятся те песни, под которые не потанцуешь, так что хватило меня ненадолго. Естественно, Сэм в платье выглядела обалденно, только я старался ее не замечать, чтобы ничего такого в голову не лезло.

Зато я другое заметил: Брэд с Патриком даже словом не перекинулись, потому что Брэд танцевал только с Нэнси, которая в группе поддержки зажигает, — она его девушка. Заметил я и еще кое-что: к моей сестре прилепился тот субъект, с которым ей запретили общаться, хотя из дому ее забирал совершенно другой парень.

С дискотеки мы уезжали в пикапе Сэм. Теперь за рулем был Патрик. На подъезде к туннелю Форт-Питт Сэм попросила его тормознуть у обочины. Я не понял, зачем это нужно. А Сэм в одном бальном платье перебралась в кузов пикапа. Знаком показала Патрику, что можно ехать, и он расплылся в улыбке. Они, наверно, и раньше такое проделывали.

Короче, Патрик разогнался, а перед самым въездом в туннель Сэм выпрямилась в полный рост, и на ветру ее платье забилось океанскими волнами. Внутри туннеля все звуки канули в пустоту, и тогда из магнитолы понеслась песня. Изумительная песня под названием «Landslide». Когда мы вынырнули из туннеля, Сэм издала невообразимый клич — перед нами открылся центр города. Здания в огнях и прочие удивительные вещи. Сэм в кузове села и засмеялась. Патрик тоже засмеялся. И я засмеялся.

В этот миг, клянусь, мы были бесконечны.

Счастливо.

Чарли

ЧАСТЬ ВТОРАЯ

7 ноября 1991 г.

Дорогой друг!

Сегодня был один из тех дней, когда охотно выходишь из дому, чтобы отправиться в школу, потому что погода стояла удивительная. Небо облаками затянуто, а в воздухе тепло, как в бане. Прямо ощущаешь необыкновенную чистоту. Дома мне предстояло подстричь газон, чтобы получить карманные деньги, и я охотно взялся за дело. Слушал музыку, дышал этим днем, кое-что припоминал. Например, как я бродил по нашему району, разглядывал дома, лужайки, живописные деревья — и постигал, можно сказать, все сущее.

Дзен-буддизм для меня — заумь, равно как и религия китайцев и индусов, но одна из тех девчонок с татушкой и пупочным пирсингом, как оказалось, в июле приняла буддизм. Ни о чем другом говорить не может, разве что о дороговизне сигарет. Я иногда встречаю ее на большой перемене, когда она выходит перекурить с Патриком и Сэм. Зовут ее Мэри-Элизабет.

Так вот, Мэри-Элизабет мне рассказала, что через посредство дзен-буддизма ты обретаешь причастность ко всему, что есть в этом мире. Становишься частью этих деревьев, травы, собак. Всего такого. Она даже объяснила, каким образом на это указывает ее татушка, но я не

запомнил. Короче, в моем понимании дзен-буддизм похож на сегодняшний денек, когда ты
плывешь по воздуху и припоминаешь разные
вещи из прошлого.

Среди таких воспоминаний — одна детская
игра. Берется футбольный или любой другой
мяч, и кто водит, тот убегает с мячом, а остальные стараются его сбить и мяч отнять. Кто сбил,
тот убегает с мячом, а остальные — за ним. Так
может длиться не один час. Смысла этой игры я
никогда не понимал, но мой брат был до нее сам
не свой. Причем для него интерес заключался
не в том, чтобы убежать, а именно в том, чтобы
другого сбить. Или, как ребята говорили, «опус-
тить». До меня только сейчас дошло, что это
значит.

Патрик рассказал мне их с Брэдом историю,
и теперь я понимаю, почему Патрик не разозлился на Брэда, когда тот весь вечер протанцевал с
девушкой. Еще в девятом классе Патрик и Брэд
пошли на тусовку вместе с другими популяр-
ными ребятами. Патрик на самом деле пользовался успехом еще до того, как Сэм накупила
ему хорошей музыки.

На тусовке и Патрик, и Брэд сильно напились. Вообще-то, Патрик считает, что Брэд больше притворялся. Сидели они в подвальной комнате с какой-то девушкой по имени Хезер, но
та вышла в туалет, и Брэд с Патриком остались
наедине. Патрик говорит, им вначале было не
по себе, но потом оба расслабились.

— У вас классный руководитель — мистер
Броснахэн, точно?

— Ты ходил на пинк-флойдовское лазерное
шоу?

— Вино на пиво — это криво.

Когда треп у них иссяк, они уставились перед собой. И тут же, в подвале, их потянуло друг к другу. Патрик говорит, у них обоих прямо гора с плеч свалилась.

Но в понедельник, придя в школу, Брэд заладил:

— Черт, я так надрался, что ничего не помню.

Каждому, кто был на той вечеринке, он это повторил. И не по одному разу. Даже Патрику сказал то же самое. Никто не видел, чтобы они с Патриком баловались, а Брэд все равно твердил свое. Настала пятница, и ребята опять устроили вечеринку. Теперь и Патрик, и Брэд укурились, хотя Патрик и говорил, что Брэд в основном притворялся. И в конце концов их снова потянуло друг к другу. А в понедельник Брэд опять:

— Черт, я вчера был в отрубе. Ничего не помню.

Так продолжалось семь месяцев.

Дошло до того, что Брэд стал поддавать или подкуривать перед школой. В школе они с Патриком держались на расстоянии. Уединялись только на тусовках, по пятницам. По словам Патрика, Брэд на переменках не просто его сторонился, но даже смотреть не мог в его сторону. С этим, конечно, трудно было смириться, потому как Патрик всерьез запал на Брэда.

С наступлением лета, когда об уроках и всем прочем уже можно было забыть, Брэд стал пить и курить по-взрослому. Как-то раз в доме у Патрика и Сэм устроили большую тусовку с какими-то левыми ребятами. Когда появился Брэд, все обалдели, потому как личность он известная, а Патрик никому не сказал о причине его появления. Когда почти все гости разошлись, Брэд с Патриком уединились у Патрика в комнате.

В тот вечер у них впервые был настоящий секс.

Не хочу вдаваться в подробности, потому как дело это очень интимное (кто, что, кому, куда), скажу только, что в позиции девушки находился Брэд. Это, по-моему, тебе важно знать. Когда они кончили, Брэд заплакал. Он в тот вечер много выпил. И укурился.

Как ни старался Патрик его успокоить, ничего не помогало. Брэд даже не позволял Патрику себя обнять; по мне, это просто жесть: если у меня когда-нибудь будет секс, я непременно захочу полежать в обнимку.

В конце концов Патрик сумел натянуть на Брэда штаны и говорит:

— Сделай вид, что ты вырубился.

Потом оделся сам и вошел в дом через другую дверь — не с той стороны, где его спальня. У него тоже текли слезы, и он решил, если кто спросит, сказать, что ему дым от травки глаза разъел. В конце концов он кое-как успокоился и вернулся в комнату к ребятам. Притворился пьяным. Подвалил к Сэм:

— Брэда не видела?

Сэм все поняла по глазам. И спрашивает во всеуслышание:

— Эй, Брэда никто не видел?

Никто его не видел, и кое-кто из ребят отправился на поиски. В итоге его обнаружили в комнате у Патрика... в полном отрубе.

В конце концов Патрик позвонил родителям Брэда, потому что стал всерьез за него беспокоиться. Не раскрывая никаких подробностей, сказал им, что Брэду стало нехорошо и надо отвезти его домой. Предки Брэда тут же примчались, и его отец с помощью Патрика и еще пары ребят перетащил Брэда в машину.

Патрик до сих пор не знает, действительно Брэд тогда был в отрубе или просто делал вид, но если делал вид, то очень классно. Предки записали Брэда на программу реабилитации, чтобы он не лишился шансов поступить в университет по спортивному набору. До конца лета Патрик с ним больше не виделся.

Родители Брэда не могли понять, почему их сын все время курит траву и пьет. И никто этого не мог понять. За исключением тех, кто был в курсе.

Когда начался учебный год, Брэд к Патрику не приближался. До последнего времени даже не ходил на те тусовки, где мог с ним пересечься. Но месяц-полтора назад он среди ночи бросил Патрику в окно камешек и сказал, что никто не должен ничего знать. Теперь они встречаются вечерами либо на поле для гольфа, либо на небольших вечеринках вроде той, у Боба, где люди не метут языком и проявляют понимание.

Я спросил у Патрика, не огорчает ли его, что им приходится держать свои отношения в тайне, и он сказал, что нет — по крайней мере, теперь Брэду не требуется напиться или заторчать, чтобы заняться сексом.

Счастливо.

Чарли

8 ноября 1991 г.

Дорогой друг!

За сочинение по «Питеру Пэну» я впервые получил у Билла четверку по углубленному английскому! Если честно, не понимаю, чем оно отличается от прежних. Билл сказал, что у меня улучшились и чувство языка, и структура предложений. Что ж, если я могу улучшить эти моменты, сам того не замечая, — это здорово. Между прочим, в журнал и в табель Билл ставит мне пятерки. А оценки за эти сочинения — наше с ним внутреннее дело.

Я решил, что, наверно, все же стану писателем. Пока, правда, не знаю, о чем буду писать.

Можно, к примеру, писать для журналов, — по крайней мере, увижу в печати статьи, где не будет той байды, которую я раньше упоминал. «Стирая с губ медово-горчичную заправку, N рассказала мне о своем третьем муже и о целительных свойствах кристаллов». Но если честно, боюсь, что интервьюер из меня выйдет фиговый — не могу представить, как можно сидеть за столом с каким-нибудь политиком или с кинозвездой и приставать к ним с расспросами. Я бы, наверно, просто взял автограф для мамы — и все. Скорее всего, за такие дела сразу турнут. Можно еще попробовать себя в газете, потому что газеты публикуют мнения простых людей, но моя сестра говорит, что все газеты врут. Не знаю, так это или нет, когда вырасту, надо будет получше разобраться.

На самом деле я тут начал сотрудничать с фэнзином под названием «Панк-Рокки». Печатается он на ксероксе и посвящен панк-року и фильму «Шоу ужасов Рокки Хоррора». Я не автор, а просто так, на подхвате.

Заправляет там Мэри-Элизабет, она же организует местные показы «Рокки Хоррора». Мэри-Элизабет — очень своеобразная личность: у нее татушка с буддистской символикой и пупочный пирсинг, а волосы такие, будто ей приспичило кому-то насолить, но если уж она берется за дело, то командует, как мой отец после долгого рабочего дня. Учится она в двенадцатом классе и говорит, что моя сестра динамщица на понтах. Я сказал ей, чтобы не наезжала на мою сестру.

Из всего, что я открыл для себя в этом году, больше всего мне нравится «Шоу ужасов Рокки Хоррора». Патрик и Сэм в ночь на Хеллоуин взяли меня с собой в клуб. Постановка суперская: у ребят костюмы точь-в-точь как в фильме, и выступление идет на фоне киноэкрана. А зрители по сигналу кричат. Ты, наверно, и без меня все это знаешь, но я так, для ясности.

Патрика по роли зовут Франк-н-Фуртер. Сэм — Дженет. Смотреть эту постановку мне довольно тяжело, потому что Сэм в роли Дженет расхаживает по сцене в одном нижнем белье. Я стараюсь не допускать о ней никаких таких мыслей, но это чем дальше, тем труднее.

По правде говоря, я ее полюбил. Но это не такая любовь, как в кино. Просто смотрю на нее иногда и думаю, что красивей и добрей ее никого на свете нет. К тому же она умница и такая прикольная. После спектакля написал ей стихотворение, но показывать не стал — постеснялся. Тебе мог бы дать прочесть, но, боюсь, это будет непорядочно по отношению к Сэм.

Вся штука в том, что Сэм сейчас встречается с одним парнем по имени Крейг.

Крейг старше моего брата. Может, ему даже стукнуло двадцать один год, потому как он пьет красное вино. Крейг играет Рокки. Патрик про Крейга говорит «брутальный чувак». Уж не знаю, где Патрик берет такие выражения.

Но думаю, это справедливо. Равно как и то, что Крейг — человек очень творческий. Поступил в Институт искусств и, чтобы заработать на учебу, позирует для каталогов «JCPenny» и еще каких-то там изданий. Он и сам увлекается фотографией; я видел кое-что из его работ — просто супер. В особенности портрет Сэм — это нечто. Она получилась невообразимо прекрасной, но все же попытаюсь описать.

Если ты слушаешь песню «Asleep» и представляешь себе эти милые, ясные дни, эти прекрасные глаза, лучше которых ты не встречал, и у тебя наворачиваются слезы, а эти глаза тебя утешают, то ты, надеюсь, сумеешь вообразить эту фотографию.

Хочу, чтобы Сэм разбежалась с Крейгом.

Не думай, что это я из ревности. Ничего такого. Честно. Просто Крейг все ее слова пропускает мимо ушей. Не могу сказать, что он хам, это не так. Просто у него вечно рассеянный вид.

Как будто он сделал фотографию Сэм, получилось удачно, а он возомнил, будто это потому, что он такой мастер. Довелось бы мне так ее сфотографировать, я бы не сомневался, что она так прекрасно получилась исключительно благодаря собственной красоте.

Неправильно, когда парень, глядя на девушку, начинает думать, что в его глазах она лучше, чем на самом деле. И еще, по-моему, неправильно, когда самый искренний взгляд на девушку — это взгляд через объектив фотокамеры. Мне больно видеть, как у Сэм прибавляется уверенности в себе лишь из-за того, что такой ее видит парень постарше.

Я поговорил об этом с сестрой, и она сказала, что у Сэм заниженная самооценка. И еще добавила, что в десятом классе у Сэм была совершенно определенная репутация. Если верить моей сестре, Сэм была «королевой минета». Надеюсь, ты понимаешь, что это означает, потому как я не могу описывать такие вещи применительно к Сэм.

Я действительно ее очень люблю, и мне это больно.

Кстати, я спросил сестру насчет того парня на дискотеке. Она отказывалась отвечать, пока я не дал ей слово, что никому не скажу, даже Биллу. Короче, пообещал держать язык за зубами. Она призналась, что продолжает встречаться с тем парнем, но тайно, потому как ей запрещено. Говорит, что постоянно о нем думает. Говорит, они собираются пожениться, когда оба окончат колледж, а он еще и юридический факультет.

Сказала, чтобы я не беспокоился: он больше никогда не поднимет на нее руку. Она долго говорила, но по существу дела ничего не добавила.

Клево было в тот вечер посидеть с сестрой — она редко соглашается со мной поболтать. Я даже удивился такой откровенности, но ей, как я понял, и поделиться не с кем — она вынуждена хранить тайну. А поделиться охота до невозможности.

Хоть она и сказала, чтобы я не беспокоился, мне все равно за нее тревожно. Как-никак она мне сестра.

Счастливо.
Чарли

12 ноября 1991 г.

Дорогой друг!

Я обожаю бисквиты «твинкиз» с кремовой начинкой, а почему я завел об этом речь: нам задали сформулировать, ради чего стоит жить. Учитель биологии, мистер З., рассказал, что ученые поставили такой опыт. То ли крысу, то ли мышь сажали в одну половину клетки. В другую половину клетки помещали еду. Эта крыса или мышь перебегала туда и съедала свой паек. Потом эту крысу или мышь возвращали на прежнюю половину, только по дну клетки, там, где она пробегала за едой, пропускали электрический ток. Это повторялось раз за разом, и при определенной силе тока эта крыса или мышь просто переставала бегать за едой. Затем этот эксперимент повторяли с самого начала, но вместо еды в клетку подбрасывали нечто такое, что доставляло этой крысе или мыши острое наслаждение. Уж не знаю, от чего мыши и крысы получают острое наслаждение, но подозреваю, что это была какая-то крысино-мышиная дурь. Короче, что выяснили ученые: ради наслаждения крыса или мышь готова выдержать более значительную силу тока. Куда более значительную, чем ради утоления голода.

Не знаю, какой смысл в таких открытиях, но факт, по-моему, очень интересный.

Счастливо.
Чарли

15 ноября 1991 г.

Дорогой друг!

У нас становится холодно и даже морозно. Мягкая осень почти ушла. Есть и хорошие новости: близятся каникулы, а это для меня вдвойне радостно, потому что скоро приедет мой брат. Возможно, уже на День благодарения! Скорей бы — это я ради мамы.

Брат не звонил домой недели три, и маму постоянно тревожит, какие у него оценки, хорошо ли он спит и как питается, а папа твердит одно: «Лишь бы травм не было».

Я лично радуюсь, что брат приобщается к студенческой жизни, как в фильмах показывают. Не в смысле бурных клубных сборищ. А как в других фильмах, где парень знакомится с умницей-студенткой, которая носит многослойные свитера и пьет какао. Они обсуждают книги, всякие проблемы, целуются под дождем. По-моему, это пойдет ему на пользу, особенно если девушка неожиданно окажется симпатичной. На мой вкус, такие девушки — самые привлекательные. Мне лично топ-модельная внешность кажется неестественной. Сам не знаю почему.

У брата, наоборот, все стены занимают постеры с топ-моделями, тачками, пивом и прочим. Если к этому набору добавить грязный пол, то, наверно, получится его комната в общежитии. Брат терпеть не может застилать кровать, зато в шкафу у него образцовый порядок. Вот и разбери его.

Вся штука в том, что мой брат, приезжая домой, все больше помалкивает. О занятиях почти не рассказывает, все больше о футбольной команде. Команда эта на виду, потому как выступает очень успешно благодаря сильному составу. Брат говорит, что один из игроков наверняка в будущем заключит миллионный контракт, хотя сам по себе «туп как пуп». Как я понимаю, совсем тупой.

Брат рассказывал такую историю: однажды в раздевалке ребята из команды стали рассказывать, кто как добился спортивной стипендии. Разговор зашел о результатах SAT, который я еще ни разу не сдавал.

И этот говорит:

— Я набрал семьсот десять.

Мой брат его спрашивает:

— По математике или по устному?

А этот парень такой:

— Чего?

Вся команда заржала.

Я всегда мечтал попасть в такую команду. Почему — точно сказать не могу, но мне всегда казалось, что это клево, если у тебя было «золотое время». Потом будет что рассказать внукам и партнерам по гольфу. Я, правда, смогу рассказать про «Панк-Рокки», про то, как я пешком ходил от школы до дому, всякое такое. Может, это и есть мое золотое время, а я просто не понимаю, потому как это со спортом не связано.

В детстве я, правда, занимался спортом, и очень даже активно, только у меня от этого повышалась агрессивность, и врачи сказали маме, что из спорта меня придется забрать.

А вот у папы было свое золотое время. Я разглядывал его юношеские фотки. У него было очень выразительное лицо. Другого слова подобрать не могу. Выглядел он так, как и полагается на старых фотках. Старые фотки правдивы и выразительны, а люди на них явно счастливей некоторых.

Моя мама на старых фото настоящая красавица. Никто с ней не сравнится — ну разве что Сэм. Гляжу я сейчас на своих родителей и думаю: как они дошли до такой жизни? А потом начинаю гадать, что станется с моей сестрой к тому времени, как ее парень окончит юридический. И какое лицо будет у моего брата, если его изобразят на футбольной открытке? А если не изобразят? Мой отец два года играл в бейсбол за команду своего колледжа, но вынужден был уйти из спорта, когда мама забеременела моим братом. Тогда он поступил на работу в свою нынешнюю контору. Если честно, я понятия не имею, чем он там занимается.

Иногда он рассказывает одну историю. Получается у него классно. Про первенство штата по бейсболу среди школьников. Шла вторая половина заключительного, девятого, иннинга, на первой базе находился раннер. После двух аутов папина команда отставала на одно очко. Папа тогда учился на втором курсе и был в университетской команде чуть ли не самым младшим, и вся команда, как я понимаю, думала, что он сольет игру. Он чувствовал весь груз ответственности. И здорово нервничал. И здорово дрейфил. Но после нескольких подач мой папа, как он сам говорит, «почувствовал зону». Когда питчер сделал очередной бросок, папа точно рассчитал траекторию полета мяча. Никогда в жизни он не бил по мячу с такой силой. И сделал хоумран, и его команда выиграла первенство штата. Самое классное в этой истории то, она не меняется, сколько бы папа ее ни повторял. Он не бахвалится.

Я часто об этом думаю, когда смотрю футбол вместе с Патриком и Сэм. Глядя на поле, я всегда думаю про того игрока, который только что выполнил тачдаун и принес команде шесть очков. Я считаю, для этого парня настало золотое время и когда-нибудь он тоже будет рассказывать об этом своим домашним, потому что все игроки, выполняющие тачдауны и хоумраны, со временем станут отцами. И когда их дети возьмутся рассматривать отцовский студенческий альбом, им придет в голову, что отец был правдивым, видным и куда более счастливым, чем они.

Надо будет не забыть сказать моим детям, что они такие же счастливые, как я на тех старых фотках. Надеюсь, они мне поверят.

Счастливо.
Чарли

18 ноября 1991 г.

Дорогой друг!

Вчера позвонил мой брат, но приехать на День благодарения он не сможет, потому как из-за футбола запустил учебу. Мама до того расстроилась, что потащила меня по магазинам за обновками.

Ты, наверно, подумаешь, что я преувеличиваю, но, клянусь, это чистая правда: с той самой минуты, как мы сели в машину, и до возвращения домой мама не умолкала. Буквально ни на минуту. Даже когда я запирался в примерочной, чтобы натянуть очередные слаксы.

Она стояла под дверью и убивалась вслух. Обо всем подряд. Сначала — что отец не настоял, чтобы мой брат все же приехал домой, хотя бы на один вечер. Потом — что моя сестра не думает о будущем, а должна бы уже присмотреть для себя «доступный» колледж на тот случай, если не пройдет по конкурсу в престижный. Потом — что такой цвет мне не идет, лучше серый.

Мне понятен ход ее мыслей. Честно.

Когда мы были маленькие, она брала нас с собой за продуктами. Мои брат с сестрой постоянно грызлись между собой, они и сейчас постоянно грызутся, а я сидел себе в продуктовой тележке. Под конец мама так изводилась, что начинала толкать тележку все быстрее, и я воображал, что рассекаю на подводной лодке.

Вот и вчера с ней было примерно то же самое, только теперь мое место — на переднем сиденье.

Сегодня утром Сэм и Патрик в один голос признали, что у моей мамы очень хороший вкус. Придя домой после уроков, я ей это передал, и она заулыбалась. Предложила мне как-нибудь позвать их к нам на ужин, только после праздников, потому что в праздничные дни у нее и так нервы на пределе. Я сразу позвонил Сэм и Патрику, и они согласились.

Жду не дождусь!

В последний раз к нам на ужин приходил мой друг Майкл, и было это в прошлом году. И что самое клевое — он остался у нас ночевать. Спали мы совсем мало. Трепались о девчонках, о кино, о музыке и так далее. Четко помню: среди ночи мы с ним пошли пройтись. Мои родители уже дрыхли, все соседи тоже. Майкл заглядывал во все окна. Было темно и тихо.

— Как по-твоему, в этом доме хорошие люди живут? — спросил он.

— Кто, Андерсоны? Ничего. Старые только.

— А эти?

— Ну, миссис Ламберт ругается, когда бейсбольный мяч к ней в сад залетает.

— А тут?

— Миссис Тэннер уже три месяца у мамаши гостит. Мистер Тэннер по выходным сидит на заднем крыльце и слушает бейсбол. А хорошие они или нет — не знаю, потому как детей у них нет.

— Она болеет, что ли?

— Кто?

— Мамаша миссис Тэннер.

— Не думаю. Моя мама была бы в курсе, но она ничего такого не рассказывала.

Майкл покивал:

— Разведутся скоро.

— С чего ты взял?

— Да так.

Пошли мы дальше. Майкл иногда имел привычку ходить молча. Наверно, стоит упомянуть, что моя мама слышала, будто родители Майкла недавно развелись. Она говорит, что после смерти ребенка тридцать процентов семей распадается. Наверно, в каком-нибудь журнале вычитала.

Счастливо.

Чарли

23 ноября 1991 г.

Дорогой друг!

Нравится ли тебе проводить каникулы со своими родными? Я имею в виду не маму с папой, а всю родню: дядю с тетей, двоюродных братьев и сестер. Мне лично — нравится. По разным причинам.

Во-первых, мне интересно и любопытно видеть, как все друг друга любят и при этом недолюбливают. Во-вторых, все скандалы возникают одинаково.

Как правило, они разгораются после того, как мамин папа (мой дедушка) осушает третий стакан. К этому моменту он делается очень разговорчивым. Дедушка обычно сетует, что наш старый район заполонили черные, тогда моя сестра на него взъедается, а дедушка ей выговаривает, что она ничего не смыслит, потому как никогда не жила в центре. Потом он начинает жаловаться, что его в доме престарелых никто не навещает. И под конец выкладывает все семейные тайны: как, например, такой-то двоюродный брат «обрюхатил» эту официанточку из «Биг-боя». Наверно, стоит упомянуть, что мой дедушка туг на ухо, а потому излагает все это в полный голос.

Моя сестра пытается его осадить, но ей ни разу это не удавалось. Дедушка всегда ее переупрямит. Мама обычно помогает своей тете готовить еду, про которую дедушка каждый раз говорит «пересушили», даже если подают суп. Тут мамина тетя пускает слезу и запирается в совмещенной туалетной комнате.

Туалет у нее в доме всего один, и от этого возникают неудобства, потому что мои двоюродные накачиваются пивом. Они корчатся под дверью, молотят кулаками и чуть ли не хитростью выманивают бабушку из туалета, но тут дедушка позволяет себе высказаться в ее адрес, и все начинается по новой. За исключением того случая, когда дед отрубился сразу после ужина, мои двоюродные братья каждый раз вынуждены бегать во двор, в кустики. Из окна все видно — можно подумать, они на кого-то охотятся. Кого мне по-настоящему жаль, так это моих двоюродных сестер и бабушек, потому как они не могут в кустики бегать, особенно на морозе.

Надо сказать, что мой папа обычно сидит себе тихо и пьет. На самом деле он не любитель спиртного, но, когда приходится ездить в гости к маминой родне, он, как говорит мой двоюродный брат Томми, «надирается». Я нутром чувствую, что папа куда охотнее съездил бы на праздники к своим родным в Огайо. Чтобы только с дедом не общаться. Деда он на дух не переносит, но помалкивает. Даже на обратном пути, в машине, ничего не говорит. Просто папа считает, что этот дом ему чужой.

Под конец вечера наш дед обычно напивается до потери пульса. Тогда мои папа и брат вместе с моими двоюродными оттаскивают его в машину к тому из родственников, кого дед в этот раз достал меньше других. По традиции моя обязанность — открывать им двери. Дед у нас очень грузный.

Помню, однажды везти его в дом престарелых выпало моему брату, и я поехал с ними. Мой брат всегда понимает деда и почти никогда на него не злится, если, конечно, дед не начинает говорить гадости про нашу маму и сестру и не устраивает скандал. Помню, однажды повалил снег и за окном стало очень тихо. Можно сказать, мирно. Дед успокоился и завел совсем другой разговор.

Рассказал нам, как в шестнадцать лет бросил школу, потому что у него умер отец и некому стало содержать семью. Рассказал, как по три раза в день ходил на фабрику — узнать, нет ли для него работы. А зима выдалась морозная. Рассказал, как у него вечно подводило живот, потому что ему прежде всего нужно было накормить жену и детей. Нам, как он говорил, таких вещей не понять, мы лиха не хлебнули. Потом стал рассуждать про своих дочерей — мою маму и тетю Хелен.

— Я знаю, как твоя маманя ко мне относится. И Хелен знаю как облупленную. Было дело... Пошел я на фабрику... работы нет... никакой... Притащился домой в два часа ночи... злой как черт... а бабка твоя показывает мне их табели... Средний балл — тройка с плюсом... а девчонки-то неглупые. Ну, зашел я к ним в комнату и всыпал обеим по первое число... они ревут, а я табели взял и говорю... чтоб такого больше не было. Она мне до сих пор пеняет... маманя твоя... а я тебе вот что скажу. Больше такое и в самом деле не повторялось... колледж окончили... обе. Жаль, конечно, что я не смог их в университет отправить... всегда хотел, чтоб они... Хелен так ничего и не поняла. А маманя твоя вроде бы... в душе-то она хорошая... можешь ею гордиться.

Когда я пересказал это маме, она сильно расстроилась, потому что сам он никогда ей этого не говорил. Ни разу. Даже когда вел ее к алтарю.

Но тот День благодарения был непохож на другие. Мы привезли видеокассету с записью игры моего брата. Вся родня уселась перед телевизором, даже двоюродные бабушки, которым футбол по барабану. Никогда не забуду, какие у наших были физиономии, когда на поле вышел мой брат. На них отразилось все сразу. Один мой двоюродный брат работает на бензоколонке. Другой два года вообще сидит без работы, потому как у него травма руки. Третий уже лет семь поговаривает, что надо бы вернуться в колледж. А мой папа как-то сказал, что они ужасно завидуют моему брату, потому как жизнь дала ему шанс и он его не упустил.

Но стоило моему брату выйти на поле, как это отступило на задний план и все испытали гордость. А когда мой брат показал настоящий класс в третьем дауне, все захлопали, притом что некоторые видели эту запись раньше. Я поднял глаза на папу: он улыбался. Поднял глаза на маму: она тоже улыбалась, хотя и нервничала оттого, что мой брат мог получить травму, но это же нелепо — ведь мы просто крутили видеозапись старого матча, и мама знала, что никакой травмы ее сын не получил. Мои двоюродные тетушки, братья, сестры, их дети — все улыбались. Даже моя сестра. Без улыбки сидели только двое. Мы с дедом.

У деда текли слезы.

Тихие, скрытные. Один я их заметил. У меня не шло из головы, как он ворвался к моей маме, когда она была маленькая, и всыпал ей, а потом поднял перед собой табель и потребовал, чтобы таких оценок больше не было. А я теперь думаю, что этот рассказ мог быть адресован и моему старшему брату. И сестре. И мне. Просто дед хотел добиться, чтобы после него никому из нас не пришлось бы работать на фабрике.

Не знаю, хорошо это или плохо. Не знаю, что лучше: чтобы твои дети были счастливы или чтобы окончили колледж. Не знаю, что лучше: быть своей дочке другом или согнуть ее в бараний рог, чтобы только ей жилось легче, тем тебе. Не знаю — и все тут. Я сидел молча и не спускал с него глаз.

Когда мы досмотрели игру и поужинали, все стали перечислять, за что они благодарны. Чаще всего упоминали моего брата, всю нашу родню, детей и Бога. И все говорили от души, независимо от того, что могло прийти им в голову на другой день. Когда очередь дошла до меня, я крепко призадумался, потому как впервые сидел за большим столом наравне со взрослыми вместо моего отсутствующего брата.

— Я благодарен за то, что мы смогли посмотреть по телевизору игру моего брата и поэтому никто ни с кем не разругался.

Сидевшие за столом смутились. Кое-кто осерчал. Папа всем своим видом показывал, что я прав, но держал язык за зубами, поскольку это не его родня. Мама занервничала — не знала, что выкинет ее отец. И только один человек за столом высказался вслух. Моя двоюродная тетушка — та, которая запирается в туалете.

— Аминь.

И почему-то это разрядило обстановку.

На прощанье я подошел к деду, обнял его и поцеловал в щеку. Он вытер это место ладонью и покосился на меня. Ему не нравится, когда мальчики, пусть даже родственники, к нему прикасаются. Но я не жалею, что это сделал, — вдруг он скоро умрет. А для тети Хелен я этого не сделал ни разу.

Счастливо.
Чарли

7 декабря 1991 г.

Дорогой друг!

Ты когда-нибудь слышал про такую фишку, называется «Тайный Санта»? Это когда друзья договариваются и каждый вытаскивает из шляпы бумажку с именем, а после осыпает этого человека подарками. Подарки «тайно» кладутся в шкафчик, когда человек не видит. А под конец устраивается вечеринка, где секреты раскрываются и люди обмениваются последними подарками.

Сэм подбила на это своих друзей три года назад. Теперь у них, можно сказать, такая традиция. А заключительная вечеринка должна получиться самой лучшей за весь год. Ее устраивают в последний день перед каникулами, после уроков.

Кто меня вытащил — понятия не имею. Я вытащил Патрика.

И очень этому рад, хотя предпочел бы Сэм. Мы с Патриком целый месяц видимся только на уроках труда, поскольку он почти все свободное время проводит с Брэдом, так что я, придумывая подарки, могу лишний раз о нем вспомнить.

Первым подарком станет тематический сборник на кассете. Я твердо знаю, что так будет правильно. И песни, и тему я уже выбрал. Называться он будет «Однажды зимой». Но обложку я решил не оформлять. На первой стороне будут в основном *Village People* и *Blondie* — Патрик любит такую музыку. Туда же войдет «Smells Like Teen Spirit», от этой песни балдеют и Патрик, и Сэм, *Nirvana* у них вообще в топе. А вторая сторона будет исключительно в моем вкусе. Зимние такие песни.

Что туда войдет:

«Asleep» — *Smiths*
«Vapour Trail» — *Ride*
«Scarborough Fair» — Саймона и Гарфанкела
«A Whiter Shade of Pale» — *Procol Harum*
«Time of No Reply» — Ника Дрейка
«Dear Prudence» — Битлов
«Gypsy» — Сюзанны Веги
«Nights in White Satin» — *Moody Blues*
«Daydream» — *Smashing Pumpkins*
«Dusk» — *Genesis* (еще до прихода Фила Коллинза!)
«M.L.K.» — *U2*
«Blackbird» — это опять Битлы
«Landslide» — *Fleetwood Mac*

И наконец...
«Asleep» — *Smiths* (повторно!)

Всю ночь корпел над этими записями; надеюсь, Патрику понравится так же, как и мне. Особенно вторая сторона. Надеюсь, эту вторую сторону он будет слушать в машине и, когда загрустит, почувствует, что он не один. Надеюсь, ему пригодится.

Когда я наконец-то взял в руки готовую кассету, на меня накатило удивительное чувство.

Мне подумалось, что у меня на ладони лежит запись, которая вобрала в себя все эти воспоминания, ощущения, большие радости и печали. Прямо у меня на ладони. И я подумал: сколько же народу запало на эти песни. И сколько народу слушало эту музыку в трудные времена. И сколько народу радовалось им в хорошие времена. И как много значат эти песни. Представляю, как было бы классно самому сочинить хотя бы одну из них. Если бы мне это удалось, я уж точно был бы на седьмом небе. Надеюсь, авторы этих песен счастливы. Надеюсь, они чувствуют, что больше ничего не нужно. В самом деле, они ведь дали мне такой заряд. А я всего лишь один человек.

Жду не дождусь, когда получу водительские права. Осталось совсем немного!

Между прочим, давно я не упоминал Билла. Но рассказывать особо нечего: он по-прежнему приносит мне книги, которых не задает другим ученикам, я читаю, он дает мне темы сочинений, я пишу. За последний месяц с небольшим прочел «Великого Гэтсби» и «Сепаратный мир». Начинаю понимать, что в книгах, которые приносит мне Билл, есть определенная система. Когда держишь их в руках (совсем как ту кассету с песнями), возникает необыкновенное ощущение. Все они теперь — мои любимые. Все до единой.

Счастливо.

Чарли

11 декабря 1991 г.

Дорогой друг!

Патрик в восторге от кассеты! По-моему, он просек, что его «Тайный Санта» — это я. Кто бы еще стал дарить ему такие записи? К тому же он знает мой почерк. Ну почему я только задним числом соображаю такие вещи? Нужно было приберечь кассету для заключительного подарка.

Между прочим, я тут придумал для него второй подарок. Это магнитная поэзия. Слышал про такую штуку? На всякий случай объясняю. Парень или девушка пишет набор слов на листовом магните, а потом разрезает этот лист на отдельные карточки. Их нужно прилепить к холодильнику; пока делаешь себе бутерброд, складываешь из них стихи. Это очень прикольно.

Мой «Тайный Санта» ничего интересного не придумал. Печально. Готов поспорить на что угодно: мой «Тайный Санта» — это Мэри-Элизабет: кто бы еще додумался подарить мне носки?

Счастливо.

Чарли

19 декабря 1991 г.

Дорогой друг!

Еще я тут получил слаксы из секонд-хенда. А также галстук, белую рубашку, туфли и потертый ремень. Догадываюсь, что заключительным подарком, который мне вручат на тусовке, будет пиджак — единственная недостающая деталь костюма. В машинописной инструкции говорилось, что все это я должен надеть на вечеринку. Надеюсь, это не просто так, а со смыслом.

Есть и хорошие новости: Патрик в восторге от всех моих подарков. Подарком номер три стал набор акварельных красок и бумаги. Мне показалось, ему будет приятно такое получить, даже если этот набор ему не понадобится. Подарком номер четыре стали губная гармошка и пособие для начинающего исполнителя. Видимо, подарок этот из того же разряда, что и краски, но мне думается, акварельные краски, магнитная поэзия и губная гармошка никому не повредят.

Напоследок, перед самой вечеринкой, подарю ему книгу «Мэр улицы Кастро». Про человека по имени Харви Милк, который возглавлял гей-движение в Сан-Франциско. Когда Патрик мне признался, что он гей, я пошел в библиотеку и порылся в каталогах, поскольку ничего в этом не соображал. Нашел рецензию на документальный фильм про Харви Милка. Фильм отыскать не удалось, тогда я стал смотреть по фамилии — и наткнулся на эту книгу.

Сам я пока что ее не читал, но аннотация на обложке меня очень заинтересовала. Надеюсь, Патрик оценит. Жду не дождусь нашей тусовки, чтобы вручить ему этот подарок. Кстати, все итоговые контрольные я написал, загружен был под завязку, мог бы рассказать тебе в подробностях, но это не так интересно, как мои планы на каникулы.

Счастливо.
Чарли

21 декабря 1991 г.

Дорогой друг!

Супер. Супер. Могу, если хочешь, описать тебе всю картину. Сидим мы все в доме у Патрика и Сэм, где я раньше не бывал. Дом богатый. Чистота идеальная. И вручаем последние подарки. Снаружи горят фонари, падает снег, как в сказке. Будто мы где-то в другом мире. Который лучше нашего.

Я познакомился с родителями Сэм и Патрика. До чего же приятные люди. Мама Сэм — настоящая красавица и классно рассказывает анекдоты. Сэм говорит, в молодости она была актрисой. Отец Патрика очень рослый, рукопожатие у него — что надо. А как готовит! Когда знакомишься с чужими родителями, часто возникает неловкость. Здесь такого не было. Родители Сэм и Патрика за ужином вели себя очень приветливо, а после ужина отчалили, чтобы нам не мешать. Даже не стали нас контролировать, ничего такого. Ни разу не позвонили. Просто оставили дом в нашем распоряжении. Мы решили обосноваться в «игровой комнате» — никаких игр там нет, зато есть суперский ковер.

Когда я объявил, что был «Тайным Сантой» Патрика, все заржали, поскольку и так догадались, а Патрик обалденно разыграл удивление — хороший все-таки человек. Потом все стали допытываться, что я приготовил ему напоследок, и я сказал, что это стихотворение, которое я прочел давным-давно. Его для меня переписал Майкл. И я с тех пор его перечитывал тысячу раз. Автор мне неизвестен. Не знаю, было ли оно напечатано в какой-нибудь книге или прозвучало на уроке. Не знаю, сколько лет было человеку, который его сочинил. Но точно знаю, что хочу это выяснить. Хочу убедиться, что поэт — или поэтесса — живет и здравствует.

Короче, все стали просить, чтобы я встал и прочел это стихотворение вслух. И я совершенно не стеснялся, потому как мы старались вести себя по-взрослому и даже пили бренди. И мне стало жарко. Мне даже сейчас жарко, когда я тебе все это рассказываю. Короче, я встал с места и, перед тем как начать декламировать, попросил, чтобы тот, кто узнает автора, непременно мне сообщил.

Когда я прочел этот стих, наступила тишина. Очень грустная тишина. Но что удивительно: грусть была совершенно не унылая. Наоборот, все стали переглядываться, чтобы обозначить свое присутствие. Сэм с Патриком смотрели на меня. Я — на них. И я убедился, что они понимают. Не что-то конкретное. Просто понимают — и все. И я подумал: от друзей именно это и требуется.

Потом Патрик поставил вторую сторону кассеты, которую я для него записал, и налил всем еще бренди. По-моему, вид у нас был слегка дурацкий, когда мы цедили бренди, но мы чувствовали себя умными. Точно говорю.

Когда зазвучали песни, Мэри-Элизабет встала. Но пиджака у нее в руках не было. Выходит, она была вовсе не моим «Тайным Сантой», а той второй девочки с татушкой и пупочным пирсингом — зовут ее Элис. Мэри-Элизабет подарила ей черный лак для ногтей, на который Элис давно положила глаз. И Элис рассыпалась в благодарностях. А я сидел себе тихо и осматривал комнату. Искал глазами пиджак. Не зная, у кого он может быть.

Потом настала очередь Сэм, и она подарила Бобу ручной работы индейскую трубку для марихуаны — по-моему, самое то.

Другие ребята тоже вручили свои главные подарки. Все обнимались. Дело шло к концу. Только Патрик медлил. Он встал, чтобы сходить на кухню:

— Кто хочет чипсов?

Все хотели. И он вернулся с тремя тюбиками «принглз» — и с пиджаком. Подходит ко мне. И говорит, что все великие писатели ходили в костюмах.

Надеваю я пиджак, а сам думаю, что это не по заслугам, поскольку, кроме сочинений, я еще ничего не написал, но подарок был приятный, и тем более все захлопали. Сэм и Патрик в один голос сказали, что я выгляжу на все сто. Мэри-Элизабет заулыбалась. Кажется, я и сам — впервые в жизни — поверил, что выгляжу «на все сто». Понимаешь меня? Ну, как будто ты смотришься в зеркало и впервые в жизни видишь, что тебя хорошо подстригли. Не думаю, что нам стоит зацикливаться на таких вещах, как вес, мускулатура и модная стрижка, но если получается само собой, это приятно. В самом деле.

Под конец произошло нечто потрясающее. Поскольку многие ребята уезжали с родителями кто во Флориду, кто в Индиану, кто куда, мы поспешили вручить подарки тем, кого сами выбрали, уже без всякого «Тайного Санты».

Боб приготовил для Патрика восьмушку марихуаны с рождественской открыткой. Даже не поленился завернуть в подарочную бумагу. Мэри-Элизабет подарила Сэм сережки. Элис — то же самое. И Сэм тоже подарила им обеим сережки. Думаю, у девушек это какая-то особая фишка. Честно сказать, мне было немного обидно, что обо мне никто, кроме Сэм и Патрика, не подумал. Наверно, с остальными мы не настолько дружны, так что понять можно. Но все равно было немного обидно.

Подошла моя очередь. Я подарил Бобу тюбик для мыльных пузырей — мне показалось, это соответствует типу его личности. И кажется, попал в точку.

— Не слабо, — только и сказал он.

И потом весь вечер пускал в потолок мыльные пузыри.

Дальше была Элис. Ей я подарил книгу Энн Райс, потому что у Элис эта писательница не сходит с языка. И во взгляде Элис сквозило недоверие, что я знаю о ее любви к Энн Райс. Видимо, ей не пришло в голову, что она много болтает, а кое-кто слушает ухом, а не брюхом. В общем, она меня поблагодарила. Дальше была Мэри-Элизабет. Ей я подарил вложенные в открытку сорок долларов. На открытке написал без затей: «На публикацию следующего выпуска „Панк-Рокки“ в цвете».

И она так необычно на меня поглядела. И вообще все они, кроме Сэм и Патрика, начали смотреть на меня как-то необычно. Думаю, им стало неудобно, что они мне ничего не подарили. Но они и не обязаны, да и вообще, по-моему, не это главное. Мэри-Элизабет просто улыбнулась, сказала «спасибо» и после этого избегала смотреть мне в глаза.

Последней осталась Сэм. Я очень долго ломал голову, что бы такое ей подарить. Наверно, с того момента, как ее увидел. Не со дня нашего знакомства, а именно с того момента, как увидел ее по-настоящему, если ты понимаешь, о чем я веду речь. К подарку я приложил открытку.

В открытке говорилось, что приготовленный для нее подарок достался мне от тети Хелен. Это была старая пластинка на сорок пять оборотов с записью битловской песни «Something». В детстве я слушал ее постоянно и погружался во взрослые мысли. Подходил к окну своей комнаты, глядел на отражение в стекле, на деревья в саду и часами крутил эту песню. Я сказал себе, что со временем пластинка станет моим подарком кому-нибудь такому же прекрасному, как эта песня. Прекрасному не только внешне. А во всех отношениях. Вот я и решил подарить ее Сэм.

Сэм посмотрела на меня с нежностью. И обняла. Я закрыл глаза, чтобы отрешиться от всего, кроме ее рук. Тогда она меня поцеловала в щеку и шепнула мне на ухо, чтобы другие не слышали:

— Я тебя люблю.

Понятно, что у нее это вырвалось чисто по-дружески, но после смерти тети Хелен мне такое сказали всего лишь третий раз за все время. Первые два раза я услышал это от мамы.

Мне даже в голову не пришло, что Сэм приготовила для меня что-то еще, — я решил, что эта фраза и будет ее подарком. Но она реально сделала мне подарок. И впервые в жизни от соприкосновения с чем-то хорошим мне захотелось улыбаться, а не плакать. Думаю, Сэм и Патрик наведывались в один и тот же секонд-хенд, потому что их подарки соответствовали друг другу. Она привела меня к себе в комнату и поставила перед комодом, где находился какой-то предмет, накрытый пестрой наволочкой. Сняла она эту наволочку, и я в своем подержанном костюме оказался перед подержанной пишущей машинкой, перевязанной новенькой лентой. В машинку был вставлен лист бумаги.

На этом листе Сэм напечатала: «Когда-нибудь напиши обо мне». И я тут же отстучал ответ, прямо у нее в спальне. Всего одно слово:

«Обещаю».

И порадовался, что именно это слово я напечатал на своей новенькой подержанной машинке, которую получил в подарок от Сэм. Мы немного посидели молча, и она улыбалась. Я опять потянулся к машинке и напечатал кое-что еще.

«Я тоже тебя люблю».

Сэм посмотрела на лист бумаги, потом на меня:

— Чарли... ты когда-нибудь целовался?

Я помотал головой — нет. Стало очень тихо.

— А в детстве?

Я опять помотал головой. И она погрустнела.

И рассказала мне, как ее целовали в первый раз. Знакомый ее отца. Ей было семь лет. И она никому об этом не рассказывала, только Мэри-Элизабет, а год назад еще и Патрику. Тут она расплакалась. И сказала мне такое, чего я никогда не забуду. Никогда.

— Я знаю, ты в курсе, что мне нравится Крейг. И я помню, что просила тебя не мечтать обо мне понапрасну. И считаю, что мы с тобой не можем быть вместе. Но сейчас я хочу на минуту об этом забыть. О'кей?

— О'кей.

— Я хочу, чтобы первый поцелуй у тебя был по любви. О'кей?

— О'кей.

Теперь у нее слезы потекли еще сильнее, и я тоже не удержался, потому что, слыша такие слова, ничего не могу с собой поделать.

— Просто мне хочется, чтобы это непременно было так. О'кей?

— О'кей.

И она меня поцеловала. Про такой поцелуй я никогда не смогу рассказать вслух. Этот поцелуй мне доказал, что до той поры я вообще не знал, что такое счастье.

Однажды на желтом листке в зеленую линейку
он написал стих
И озаглавил «Волчок»
потому что так звалась его собака
И это было важней всего
И учитель поставил ему высший балл
и наградой стала золотая звездочка
А мать повесила стих на кухонную дверь
чтобы читать родным

В тот год пастор Трейси
повез ребят в зоопарк
И в автобусе позволил им петь
А сестра появилась на свет
с крошечными ноготками и без волос.
И мать с отцом без устали целовались

И девочка что жила за углом прислала ему
валентинку подписанную буквами «икс»
Пришлось спросить у отца
какой в этом смысл
А перед сном отец заходил поправить ему одеяло
не пропустив ни единого раза

Однажды на белом листке в голубую линейку
он написал стих
И озаглавил «Осень»
потому что так звалось время года
И это было важней всего
И учитель поставил ему высший балл
посоветовав не мудрить
А мать не повесила стих на кухонную дверь
чтобы не испортить свежую краску
И ребята ему рассказали
что пастор Трейси курит сигары
Оставляя на церковных скамьях окурки
Которые местами прожгли древесину
В тот год сестра
стала носить толстые очки в черной оправе
И девочка что жила за углом посмеялась когда
он пригласил ее посмотреть Санта-Клауса
И ребята ему рассказали почему
мать с отцом без устали целуются
И перед сном отец никогда не заходил
поправить ему одеяло
И разозлился
когда он его за этим позвал.

Однажды на вырванном из блокнота листке
он написал стих
И озаглавил «Невинность: вопрос»
потому что вопрос был насчет его девушки
и это было важней всего
И профессор поставил ему высший балл
и наградой стал пристальный взгляд

ХОРОШО БЫТЬ ТИХОНЕЙ

А мать не повесила стих на кухонную дверь
потому что о нем не узнала
В тот год скончался пастор Трейси
И он забыл, как заканчивается
Апостольский символ веры
И застукал сестру
с кем-то на заднем крыльце
И мать с отцом никогда не целовались
и даже не говорили друг другу ни слова
А девочка что жила за углом густо красилась
И он из-за этого кашлял от каждого поцелуя
И все равно ее целовал
потому что так полагалось
И в три часа ночи сам поправил себе одеяло
под мирный отцовский храп

Вот почему на обороте бумажного пакета
он взялся писать совсем другой стих
и озаглавил «Абсолютная пустота»
Это, собственно, и было важней всего
Он поставил себе высший балл
а наградой черт побери
стал косой штрих на каждом запястье
И все это он повесил на дверь ванной
потому что в тот раз
не надеялся добраться до кухни.

Так звучало стихотворение, которое я прочел Патрику. Автора никто не знал, но Боб сказал, что где-то уже такое слышал и что это, типа, предсмертная записка какого-то парня. Не хочется этому верить: если он не врет, то финал мне как-то не очень.

Счастливо.
Чарли

23 декабря 1991 г.

Дорогой друг!

Сэм и Патрик с родителями вчера уехали на Большой Каньон. Я не особенно грущу, потому что до сих пор вспоминаю тот поцелуй. Мне спокойно и хорошо. Я даже подумывал не мыть губы, как показывают по ТВ, но потом решил, что это будет перебор. Короче, сегодня целый день гулял по нашему району. Даже вытащил на свет свои детские санки и старый шарф. С ними мне уютно.

Пошел на горку, с которой мы раньше катались. Там было полно малышни. Я смотрел, как они несутся вниз на санях. Подпрыгивают, съезжают наперегонки. И я подумал, что когда-нибудь эти мелкие вырастут. И все будут делать то же, что и мы. И в один прекрасный день начнут с кем-нибудь целоваться. Но сейчас им хватает катания с горки. Вот было бы классно, если б нам всегда хватало катания с горки, но нет.

На самом деле я рад, что скоро мой день рождения и Рождество, — чем скорее настанут, тем скорее пройдут, а то я чувствую, что меня переклинивает, как уже бывало. После смерти тети Хелен меня точно так же переклинило. Дошло до того, что мама отвела меня к врачу и я остался на второй год. Но я стараюсь об этом не думать, чтобы хуже не стало.

Типа того, как смотришь на себя в зеркало и повторяешь свое имя. Ну, иногда я могу себя до ручки довести, но по часу смотреться в зеркало мне не требуется. Все происходит очень быстро, и мир начинает ускользать. А я просто открываю глаза — и ничего не вижу. И тогда я начинаю глубоко дышать, стараясь хоть что-нибудь увидеть, но все напрасно. Такое случается не все время, но когда случается, мне делается страшно.

Сегодня утром я уже был на грани, но вспомнил поцелуй Сэм, и все прошло.

Наверно, не стоит про это писать в таких подробностях, потому что слишком много всякого накатывает. Мысли ненужные лезут в голову. Я пытаюсь погружаться в жизнь. Просто сейчас это сложно, поскольку Сэм и Патрик уехали на Большой Каньон.

Завтра поедем с мамой за подарками. А потом будем отмечать мой день рождения. Родился я 24 декабря. Не помню, говорил тебе или нет. Нелепый какой-то день рождения, вплотную к Рождеству. Потом ненадолго приедет мой брат, и мы отпразднуем Рождество с папиными родственниками. Потом у меня экзамен по вождению, так что в отсутствие Сэм и Патрика скучать не придется.

Сегодня вечером устроились с сестрой перед телевизором, но она отказалась смотреть рождественские программы, и я решил подняться к себе наверх и почитать.

На каникулы Билл дал мне очередную книгу, называется «Над пропастью во ржи». В моем возрасте это была у него любимая книга. Билл сказал: такие книги западают в душу.

Я прочел первые двадцать страниц. Пока определенного мнения не составил, но мне кажется, она очень своевременно ко мне попала. Надеюсь, Сэм и Патрик позвонят меня поздравить с днем рождения. Тогда и настроение будет совсем другое.

Счастливо.
Чарли

25 декабря 1991 г.

Дорогой друг!

Я в Огайо, сижу в той комнате, которая раньше служила папе спальней. Внизу вся родня. Чувствую себя неважно. Не знаю, что со мной такое, но подступает какой-то страх. Скорей бы домой, но мы всегда остаемся с ночевкой, а маму дергать не хочется — зачем ее беспокоить. Я бы поделился с Патриком и Сэм, но они вчера не позвонили. А мы утром распаковали свои подарки и сразу уехали. Может, ребята сегодня звонили, после обеда. Надеюсь, сегодня они не звонили — меня ведь дома не было. Надеюсь, это нормально, что я тебе об этом рассказываю. Просто другого выхода не вижу. В таких случаях у меня вечно начинается хандра, да еще Майкла рядом нет. И тети Хелен тоже нет. Я по ней скучаю. Пробовал книжку читать — не помогает. Не знаю. Мысли проносятся слишком быстро. Просто стремительно.

Сегодня вечером, к примеру, родственники сели смотреть «Эту замечательную жизнь» — фильм просто чудесный. А я все думал: почему было не снять фильм про дядю Билли? Джордж Бейли был в городе влиятельной персоной. Благодаря ему множество народу выбралось из трущоб. Он спас целый город — после смерти своего отца оказался единственным, кому такое по силам. Ему больше всего хотелось путешествовать, но он остался в родном городе и пожертвовал своей мечтой ради других. А когда ему стало невмоготу, решил покончить с собой. Он знал, что семья получит за него страховку и не останется без средств. А потом ему явился ангел и показал, что творилось бы вокруг, если бы он не родился. Как плохо было бы в городе. Как его жена осталась бы «старой девой». В этом году даже моя сестра не фыркала, что это старомодные штучки. Раз в два года она высказывается в том смысле, что Мэри зарабатывала себе на жизнь и уже по одной этой причине не могла считаться «пустым местом», будь она замужем или нет. Но в этом году промолчала. Уж не знаю почему. Думаю, это имеет какое-то отношение к тому парню, с которым она тайно встречается. А может, из-за конфликта в машине по дороге к бабушке. Я почему хотел, чтобы фильм сняли про дядю Билли: он выпивоха, толстяк, а главное — остался без гроша. Мне было бы интересно, чтобы ангел показал, в чем смысл жизни дяди Билли. Тогда у меня бы, возможно, хандра развеялась.

Я еще вчера приуныл, дома. Не люблю свой день рождения. Терпеть не могу. Поехали мы с мамой и сестрой за покупками, но мама была не в духе из-за парковок и очередей. И сестра тоже была не в духе, потому что при маме не могла купить подарок своему тайному возлюбленному. Она понимала, что за подарком ей придется потом тащиться в одиночку. А я терзался. Реально терзался, потому что бродил по магазинам и не мог решить, какой подарок хотел бы получить от меня папа. Что купить или подарить Сэм и Патрику, я решил заранее, а что купить или подарить родному отцу, не мог придумать. Мой брат любит постеры, изображающие девушек и баночное пиво. Сестра предпочитает сертификаты на посещение парикмахерского салона. Мама увлекается растениями и старыми фильмами. А папа любит только гольф, но это не зимний вид спорта, кроме как во Флориде, а мы живем совсем в другом климате. Бейсбол он забросил. Даже не любит, когда ему напоминают, хотя и рассказывает случаи из своего спортивного прошлого. Но я хотел выбрать ему подарок со смыслом, потому что папу я люблю. Хотя и плохо его знаю. Не в его правилах говорить о себе.

— Может, вам скинуться с сестрой и купить ему свитер?

— Нет, я так не хочу. Хочу купить ему что-нибудь особенное. Какую музыку он любит?

Папа теперь музыку почти не слушает, а то, что ему нравится, у него уже есть.

— Какие книги он читает?

Папа теперь почти ничего не читает, потому что слушает аудиокниги в машине, по дороге на работу, а их он берет в библиотеке совершенно бесплатно.

А какие фильмы? Хоть что-нибудь он любит?

Моя сестра решила купить ему свитер в одиночку. И вызверилась на меня, потому что ей нужно было успеть съездить в магазин еще раз и купить подарок своему тайному возлюбленному.

— Господи, да купи ты ему мячи для гольфа, Чарли.

— Но это же летний вид спорта.

— Мама. Заставь его хоть что-нибудь купить.

— Чарли. Успокойся. Все хорошо.

Я совсем расклеился. Не мог собраться с мыслями. Мама старалась говорить ласково, потому что в таких случаях она одна делает все возможное, чтобы никто не распсиховался.

— Прости, мам.

— Ничего страшного. Ты ни в чем не виноват. Просто тебе хочется выбрать для папы хороший подарок. И это правильно.

— Мама!

Сестра уже на стенку лезла. Мама даже бровью не повела.

— Чарли, ты можешь купить для папы все, что пожелаешь. Будь уверен, ему понравится. Ну же, успокойся. Все хорошо.

Мама отвезла меня в четыре магазина. В каждом из них моя сестра бросалась в ближайшее кресло и стонала. В конце концов мы приехали в правильный магазин. Это был видеосалон. Там я нашел кассету с заключительной серией «Чертовой службы в госпитале МЭШ». Без рекламных пауз. И у меня гора с плеч свалилась. Потом я стал рассказывать маме, как мы всей семьей смотрели этот фильм.

— Она без тебя знает, Чарли. Мы смотрели все вместе. Поехали отсюда. Сколько можно?

Мама велела сестре не вмешиваться и дослушала мой рассказ, хотя и без меня его знала, но я умолчал о том, как отец плакал в кухне, поскольку это наш с ним маленький секрет. Мама даже похвалила, как я интересно рассказываю. Я люблю маму. И на сей раз я ей об этом сказал.

106

А она сказала, что тоже меня любит. И некоторое время все было хорошо.

Сидели мы за столом и ждали к ужину папу с братом из аэропорта. Их очень долго не было, и мама начала волноваться, потому что на улице валил снег. Мою сестру она никуда не отпустила, чтобы та помогла ей с готовкой. Мама хотела расстараться для нас с братом, потому что он выкроил время для приезда домой, а у меня был день рождения. А сестра думала только об одном: как бы купить подарок своему парню. Настроение у нее было хуже некуда. Она дерзила, как эти девчонки из фильмов восьмидесятых годов, и мама к каждому своему замечанию прибавляла «юная леди».

В конце концов позвонил папа и сообщил, что рейс сильно задерживается из-за снежных заносов. Я слышал только мамины слова.

— Но у Чарли именинный ужин... Я и не требую, чтобы ты исправил... он опоздал на рейс?.. Я просто спрашиваю... Никто тебя не обвиняет... ничего подобного... Я не могу держать на огне... пересохнет... что... но это его любимое... хорошо, чем прикажешь их кормить... естественно, проголодались... больше часа прошло... но позвонить-то можно было...

Не знаю, сколько времени длился этот разговор, — мне невмоготу было сидеть за столом и слушать. Пошел я к себе в комнату и взял книгу. Есть уже расхотелось. Хотелось просто побыть в тишине. Через некоторое время ко мне поднялась мама. Сказала, что папа звонил еще раз и через полчаса они будут дома. Спросила меня, что не так, и я понял: это она не про мою сестру и не про свою телефонную перебранку с папой — такое у нас случается. Просто она заметила, что я целый день не в себе, но не связала это с отъездом моих друзей, потому как вчера, вернувшись с горки, я нисколько не хандрил.

— Это из-за тети Хелен?

Она так это сказала, что я сорвался с катушек.

— Пожалуйста, не изводи себя, Чарли.

— Да я уже и так весь извелся. Я каждый год в день рожденья извожусь.

— Ну, прости.

Мама пресекает такие разговоры. Знает, что я перестану слушать и начну задыхаться. Накрыла мне рот ладонью, вытерла слезы. Я успокоился ровно настолько, чтобы спуститься вниз. Ровно настолько, чтобы порадоваться приезду брата. И угощение оказалось вовсе не пересушено.

Потом мы отправились устраивать «люминарии». В этом занятии участвуют все соседи. Вдоль проезжей части расставляют наполненные песком коричневые бумажные пакеты. Затем в каждый пакет втыкают свечу, зажигают — и улица становится «взлетно-посадочной полосой» для Санта-Клауса. Обожаю устраивать люминарии. Во-первых, красиво, это уже традиция, а во-вторых, можно забыть про день рождения.

Мне подарили отличные подарки. Сестра хоть и злилась, но подарила мне пластинку *Smiths*. Брат привез для меня постер с автографами всей их футбольной команды. От папы я получил пластинки, которые посоветовала ему моя сестра. А от мамы — книги из числа тех, которыми она увлекалась в юности. Среди них оказалась «Над пропастью во ржи».

Я убрал книгу Билла и взялся за мамину, продолжив читать с того же места. И выкинул из головы день рождения. Думал только о том, что скоро мне сдавать на права. Это безопасная тема. Стал вспоминать, как проходили у нас занятия по вождению. Кто там был.

Наш инструктор — коротышка мистер Смит, от которого вечно как-то странно пахло и который никому не разрешал врубать радио. Далее, в группе у нас были двое из десятого класса, парень и девушка. Сидя за рулем, я заметил, что они на заднем сиденье скрытно касались друг друга коленками. И наконец, я сам. К сожалению, про наши уроки рассказывать особо нечего. Естественно, нам крутили фильмы про аварии со смертельным исходом. На занятия приходили полицейские, которые проводили с нами беседы. А как я получал учебные права — это отдельная тема, но мама с папой сказали, что мне без крайней необходимости лучше за руль не садиться, потому как страховка стоит немалых денег. А попросить Сэм пустить меня за руль ее пикапа я не мог. Ну не мог — и все тут.

Вот такими вечерними мыслями я себя утешал в день рождения.

На другое утро было Рождество, и все началось отлично. Папа очень обрадовался видеокассете «Чертова служба в госпитале МЭШ», и я был на седьмом небе, особенно когда он поделился своими воспоминаниями о нашем семейном просмотре. Правда, умолчал о том, как у него потекли слезы, но в этом месте он мне подмигнул, и я понял, что он ничего не забыл. Даже двух-часовая поездка в Огайо первые полчаса шла как по маслу, хотя мне пришлось сидеть на буг-ре заднего сиденья из-за того, что папа расспра-шивал про учебу в колледже, а брат без умолку рассказывал. Он встречается с девушкой из ко-манды болельщиц, которые зажигают во время студенческих футбольных матчей. Зовут ее Кел-ли. Этот момент папу очень заинтересовал. Сест-ра фыркнула, что выступления команды болель-щиц — это пошлость и дискриминация по ген-дерному признаку, но брат велел ей придержать язык. Келли учится на философском. Я спросил брата, есть ли в ней какая-нибудь изюминка.

— Нет, она просто обалденно красивая.

Тут сестра завелась: мол, внешность для жен-щины не самое главное. Я согласился, а брат стал обзывать сестру «стерва-лесбиянка». Тогда мама потребовала, чтобы брат не произносил та-ких слов в моем присутствии, и это было доволь-но нелепо, если учесть, что у меня, у единствен-ного в нашей семье, есть друг нетрадиционной ориентации. Нет, может, у других тоже есть, но те скрывают. Точно сказать не могу. Короче, папа спросил, как они познакомились.

Познакомились они в ресторанчике «Старая университетская таверна» или как-то так, пря-мо в Пенсильванском университете. Говорят, там подают фирменный десерт «травка-гриль». Короче, Келли сидела с подругами по женскому студенческому клубу, они собрались уходить, и она, поравнявшись с моим братом, на ходу вы-ронила учебник. Брат сказал, что Келли это от-рицает, но он-то не сомневается, что книжку она выронила с умыслом. Когда он догнал ее у зала игровых автоматов, дело уже было на мази. Так он сказал. Весь вечер они играли в древние компьютерные игры типа «донки-конг» и ностальгировали; мне понравилось такое обобщение, в нем была какая-то печаль и нежность. Я спросил, пьет ли Келли какао.

— Ты что, обдолбался?

И вновь мама сделала брату замечание, чтобы он при мне так не выражался, и это опять же было нелепо, потому что у нас в семье я, наверно, единственный, кто хоть раз обдолбался. Ну, может, еще мой брат. Точно сказать не могу. А сестра — наверняка ни разу. И опять же нельзя исключать, что каждый член нашей семьи хоть раз обдолбался, просто у нас говорить о таких вещах не принято.

Следующие десять минут моя сестра критиковала систему женских и мужских университетских клубов, ведущую свое начало из Древней Греции. Рассказывала, каким жестоким издевательствам подвергаются новички, а некоторых даже доводят до самоубийства. В частности, она слышала, что в одном женском клубе новеньких раздевают до нижнего белья и при всех обводят их «жировые отложения» несмываемым красным маркером. Тут у моего брата терпение лопнуло окончательно.

— Херня!

До сих пор не могу поверить: мой брат в машине сквернословит, а родители — хоть бы что. Наверно, студенту, по их мнению, простительно. А моя сестра даже бровью не повела. Все гнула свое.

— Ничего не херня. Я своими ушами слышала.

— Придержите язычок, юная леди.

Это папа ее одернул с переднего сиденья.

— Да что ты говоришь? — не унимался брат. — И где ж ты такое слышала?

— По радио, — ответила сестра.

— Господи прости! — брат заржал.

— Да, представь себе.

У мамы с папой был такой вид, будто они через лобовое стекло смотрели теннисный матч, потому что они только головами качали. И помалкивали. Даже не оборачивались. Впрочем, нужно отметить, что папа врубил рождественскую музыку и мало-помалу прибавлял звук, пока у меня не заложило уши.

— Ври больше. Что ты вообще понимаешь? Университета в глаза не видела. С Келли ничего такого не делали.

— Ну прямо... Так она тебе и признается!

— Да... она-то как раз признается. У нас друг от друга секретов нет.

— Ах, какой чувствительный и тонкий юноша.

Мне уже невмоготу было слушать, как они собачатся, и я задал еще один вопрос:

— А вы обсуждаете книги, серьезные проблемы?

— Спасибо, что поинтересовался, Чарли. Да. Представь себе, обсуждаем. У Келли, между прочим, любимая книга — «Уолден» Генри Дэвида Торо. И Келли, между прочим, утверждает, что трансцендентальная философия созвучна современной эпохе.

— О-о-о. Какие мы слова знаем.

Сестра, как никто другой, умеет закатывать глаза.

— Прошу прощения. Тебя, по-моему, никто не спрашивал. Я рассказываю младшему брату о своей девушке. Келли надеется, что Джорджу Бушу сможет противостоять сильный кандидат от демократической партии. Келли говорит: в таком случае можно будет надеяться, что Организация за равноправие женщин наконец-то преодолеет предвыборный барьер. Да-да. Та самая Организация за равноправие женщин, о которой ты без конца трендишь. Даже девушки из команды поддержки задумываются о таких вещах. И это ничуть не мешает их личной жизни.

Сестра сложила руки на груди и начала что-то насвистывать. А брат так распалился, что уже не мог остановиться. Я заметил, что у папы все сильнее багровеет шея.

— И это еще не все, чем она отличается от тебя. Видишь ли... Келли настолько твердо верит в равноправие женщин, что никогда не позволит мужчине себя ударить. Насколько я знаю, о тебе такого не скажешь.

Богом клянусь: тут мы чуть не погибли. Отец так дал по тормозам, что брат едва не перелетел через сиденье. Когда запах жженой резины выветрился, отец сделал глубокий вдох и обернулся. Сначала повернулся лицом к моему брату. Но ничего не сказал. Только пристально посмотрел. Брат ответил ему взглядом оленя, затравленного моими двоюродными. Через пару затяжных секунд брат повернулся к сестре. Думаю, он устыдился, что бросил ей те слова.

— Прости. Ладно? Я серьезно. Не надо. Не плачь.

Сестра так расплакалась, что мне даже страшно стало. Потом отец обернулся к сестре. И опять ничего не сказал. Только щелкнул пальцами, чтобы привлечь ее внимание. Она подняла на него глаза. Вначале смешалась, потому что не увидела в отцовском взгляде теплоты. Затем потупилась, пожала плечами и перевела взгляд на брата.

— Извини, что я наговорила такого про Келли. Она, судя по всему, хорошая девушка.

Потом отец повернулся к маме. А мама — к нам:

— Мы с папой не желаем больше слышать никакой ругани. Особенно в доме родственников. Понятно?

Изредка мама с папой выступают единым фронтом. Это поразительно. Брат с сестрой кивнули и уставились в пол. Затем папа обернулся ко мне:

— Чарли?

— Да, сэр?

В такие моменты очень важно добавлять «сэр». А если тебя называют полным именем, то это вообще караул. Уж поверь.

— Чарли, я тебя попрошу сесть за руль и довезти нас до дома моей матери.

Все поняли, что это самая неудачная мысль, какая только приходила ему в голову. Но спорить никто не стал. На середине трассы отец вышел из машины. Пересел на заднее сиденье, между моими братом и сестрой. Я перебрался вперед, включил, хотя и не с первой попытки, зажигание, пристегнул ремень. Остаток пути я действительно проделал сам. День был холодный, но взмок я почище, чем когда спортом занимался.

Папина родня чем-то похожа на мамину. Брат однажды сказал: те же лица, только имена другие. Но бабушка — это уникум. Бабушку я люблю. Ее все любят.

Она встречала нас, как всегда, на подъездной дорожке. Ей внутренний голос подсказывает, когда выходить навстречу гостям.

— Неужели Чарли сам вел машину?

— Ему вчера шестнадцать стукнуло.

— Ох ты.

Бабушка совсем старенькая, многое забывает, но печет так, что пальчики оближешь. Когда я был маленький, у маминой мамы всегда на столе были конфеты, а у папиной — пирожные. Мама говорит, я в детстве их так и называл: «Бабушка Конфетная» и «Бабушка Пирожная». А корочку от пиццы называл косточкой. Сам не знаю, зачем я тебе это рассказываю.

Похоже, это мои самые ранние воспоминания: думаю, с ними я впервые осознал, что живу. Моя мама с тетей Хелен однажды повели меня в зоопарк. Мне было года три. Точно не помню. Короче, там мы увидели двух коров. Точнее, взрослую корову и теленка. У них в загоне было очень тесно. Короче, теленок крутился под животом у матери, и коровья лепешка упала прямо ему на голову. Ничего смешнее этой сцены я не видел и потом битых три часа захлебывался хохотом. В детстве я вроде бы почти не разговаривал, и, когда я вел себя как нормальный ребенок, все были счастливы. Когда пошел третий час, они попытались меня утихомирить, но только рассмешили еще сильней. Вряд ли «три часа» надо понимать буквально, но тем не менее. До сих пор иногда вспоминаю этот случай. «Перспективное» начало, нечего сказать.

После объятий и рукопожатий мы вошли в бабушкин дом, где уже собралась вся родня с отцовской стороны. Двоюродный дедушка Фил со вставными челюстями, тетя Ребекка — папина сестра. Мама нас предупредила, что тетя Ребекка опять развелась, — чтобы мы не брякнули какую-нибудь бестактность. Все мои мысли были о пирожных, но оказалось, в этом году бабушка подкачала, у нее была травма бедра.

Мы расселись, и вместо пирожных нам предложили посмотреть телевизор; мой брат разговорился с двоюродными о футболе. Дедушка Фил надрался. Потом был ужин. И мне пришлось сидеть с малышней за детским столиком, потому что у папы большая родня.

Странные все-таки у мелких разговоры. На самом деле странные.

После ужина, как водится, смотрели «Эту замечательную жизнь», и я совсем приуныл. Пошел наверх, в бывшую папину спальню, стал разглядывать старые фотографии, а сам размышлял, что когда-то это были отнюдь не воспоминания. Кто-то ведь делал эти снимки, а люди в кадре только что поели — видимо, пообедали.

Бабушкин первый муж погиб в Корее. Мой папа и тетя Ребекка были совсем маленькими. Бабушка с двумя детьми переехала к своему брату, к моему двоюродному дедушке Филу.

Так прошло несколько лет, и бабушка совсем приуныла, потому что на руках у нее было двое детей, а работала она официанткой. И вот однажды в закусочную, где она работала, заглянул водитель грузовика и пригласил ее на свидание. Судя по тем старым фотографиям, бабушка была очень миловидной. Некоторое время она ходила к нему на свидания. И в конце концов они поженились. Ее муж оказался страшным человеком. Он постоянно избивал моего папу. И тетю Ребекку избивал. И даже бабушку. Постоянно. А бабушка, видимо, ничего не могла поделать — так продолжалось семь лет.

Покончить с этим удалось лишь после того, как дедушка Фил заметил у них синяки и вытянул из бабушки всю правду. Позвал он своих заводских друзей. Бабушкин второй муж сидел в баре. И они так его отметелили, что живого места не осталось. Когда бабушки поблизости нет, двоюродный дедушка Фил любит эту историю пересказывать. История раз от раза меняется, но суть остается прежней. Четыре дня спустя тот негодяй умер в больнице.

Уж не знаю, как дедушка Фил избежал тюрьмы за такое самоуправство. Однажды я задал этот вопрос папе, и он сказал, что все соседи решили полицию в это дело не впутывать. Еще он добавил: кто поднимал руку на твою мать или сестру, того ждала расплата, и ближние относились к этому с пониманием.

Жаль только, что эти зверства длились семь лет, потому как тетя Ребекка теперь выбирала себе мужей такого же типа. Но судьба ее сложилась иначе, потому что соседи не везде одинаковы. Когда дедушка Фил состарился, а папа уехал из родного города, ей пришлось получить охранные ордера.

Интересно, какими вырастут трое моих двоюродных, дети Ребекки. Одна девочка и двое мальчиков. Ничего хорошего я не жду: сдается мне, девочка, скорее всего, пойдет в тетю Ребекку, а один из мальчиков — в своего отца. Не исключено, что второй мальчик вырастет похожим на моего папу: во-первых, он по-настоящему спортивный, а во-вторых, у него был другой отец, не тот, что у его брата с сестрой. Мой папа с ним подолгу беседует, учит отбивать бейсбольный мяч. В детстве я ревновал, а теперь нет. Потому что мой брат сказал, что у этого пацана, единственного в той семейке, есть шанс выбиться в люди. И без моего папы ему не обойтись. Пожалуй, теперь я это понимаю.

В бывшей папиной спальне почти ничего не изменилось, только стены выцвели. На письменном столе — глобус, который за свою жизнь немало покрутился. На стенах — старые постеры с изображениями бейсболистов. Старые газетные вырезки, посвященные моему папе, который второкурсником принес победу своей команде. Не знаю, как это выразить, но я понимаю, почему папа унес ноги из этого дома. Когда осознал, что моя бабушка полностью изверилась и никогда не найдет себе приличного мужа, даже искать не станет, потому что не знает, как это делается. Когда увидел, что его сестра приводит домой молодых двойников отчима. После такого он просто не смог здесь оставаться.

Прилег я на его старую кровать и стал смотреть в окно на это дерево, которое, наверно, в те дни еще не было таким высоким. И прочувствовал, каково ему было в тот вечер, когда он по-

118

нял: если сейчас не уехать, то своей жизни у него не будет. А будет чужая. Во всяком случае, по его словам выходит так. Возможно, по этой причине папина родня каждый год крутит все тот же фильм. Это более или менее логично. Наверно, стоит упомянуть, что мой папа ни разу не прослезился на последних кадрах.

Не знаю, смогут ли бабушка и тетя Ребекка простить моего папу за то, что он их покинул. Только дедушка Фил его понял. Мне странно видеть, как меняется наш папа, оказываясь рядом со своей матерью и сестрой. Вечно ему делается нехорошо, и они вдвоем с сестрой уходят проветриться. Как-то раз выглянул я в окно и увидел, как папа сует ей деньги.

Интересно, что говорит тетя Ребекка в машине, по пути домой. Интересно, о чем думают ее дети. Интересно, обсуждают ли они нашу семью, гадают ли, у кого есть шанс выбиться. Да, наверняка.

Счастливо.

Чарли

26 декабря 1991 г.

Дорогой друг!

Сижу у себя в комнате после двухчасовой поездки домой. Сестра с братом общались как ни в чем не бывало, и мне не пришлось садиться за руль.

Обычно мы на обратном пути заезжаем на могилу к тете Хелен. Это уже почти традиция. Брат и папа не горят желанием, но ради нас с мамой не спорят. Сестра занимает как бы нейтральную позицию, но в некоторых вопросах бывает достаточно чуткой.

Приезжая на могилу, мы с мамой любим вспоминать все самое лучшее, что было связано с тетей Хелен. Я почти каждый год рассказываю, как она не загоняла меня спать и разрешала посмотреть «Субботним вечером в прямом эфире». И мама улыбается, потому как знает, что в детстве и сама была бы рада подольше не ложиться спать, чтобы посмотреть телик.

Мы с ней кладем на могилу цветы, а иногда и открытку. Просто чтобы она знала: мы о ней думаем, скучаем и помним, что она была необыкновенной. При жизни ей этого не хватало — так мама говорит. Как и папа, я считаю, что мама чувствует в этом свою вину. Мама провинилась так сильно, что вместо денежной помощи предложила тете Хелен жить с нами одной семьей.

Мне было бы проще, если б ты понимал, чем провинилась моя мама. Наверно, стоило бы тебе рассказать, но я не уверен, что имею право это сделать. Мне нужно с кем-нибудь поделиться. У нас в семье об этом говорить не принято. Все помалкивают. Я имею в виду трагедию, которая приключилась с тетей Хелен, — в детстве от меня ее скрывали.

Каждый раз на Рождество я только об этом и думаю... в глубине души. Это одна из причин, по которым мне в глубине души бывает тоскливо.

Не скажу кто. Не скажу когда. Скажу только, что над тетей Хелен надругались. Терпеть не могу это слово. Сделал это кое-кто из самых близких. Но не ее отец. Она в конце концов открыла своему отцу правду. Он не поверил, когда она сказала, кто это был. Друг семьи. Это хуже всего. Моя бабушка тоже смолчала. А тот человек продолжал ходить к ним в гости.

Тетя Хелен запила. Тетя Хелен подсела на наркотики. У тети Хелен были серьезные проблемы с мальчиками и со взрослыми мужчинами. Почти всю жизнь она была очень несчастна. Всю жизнь — по больницам. По самым разным. В конце концов она попала в хорошую лечебницу, где ей помогли разобраться в себе, по крайней мере настолько, чтобы вести нормальную жизнь, и она переехала к нам. Записалась на курсы, чтобы получить хорошую работу. Отшила своего последнего ухажера. Начала худеть, причем без всяких диет. Помогала нам по дому, отпускала моих родителей в гости — выпить и поиграть в настольные игры. Разрешала нам подольше не ложиться спать. Она была единственным человеком, если не считать маму, папу и брата с сестрой, кто дарил мне по два подарка. Один на день рождения. Другой на Рождество. Даже переехав к нам в дом без гроша в кармане. Каждый год покупала мне сразу два подарка. И они всегда оказывались самыми лучшими.

24 декабря 1983 года к нам заявился полицейский. Тетя Хелен попала в жуткую аварию. Была сильная метель. Полицейский сообщил моей маме, что тетя Хелен разбилась насмерть. Вот что значит хороший дядька: когда мама заплакала, он сказал, что смерть, судя по всему, наступила мгновенно, так как авария была просто кошмарная. То есть тетя Хелен не мучилась. Она отмучилась навсегда.

Полицейский попросил маму поехать с ним и опознать тело. Отец тогда еще не пришел с работы. Тут в прихожую вбежали мы с братом и сестрой. В тот день мне исполнилось семь лет. Мы все трое были в шутовских колпаках. Брата и сестру мама насильно заставила их надеть. Сестра увидела, что мама плачет, и спросила, что случилось. Мама не могла выговорить ни слова. Тогда полицейский опустился на одно колено и все нам рассказал. Брат с сестрой заревели. А я нет. Я знал, что полицейский ошибся.

Мама велела брату с сестрой за мной присматривать, а сама уехала на опознание. Кажется, мы сели смотреть телевизор. Точно не помню. Папа пришел домой раньше мамы.

— И что это мы все такие мрачные?

Мы ему рассказали. Он не заплакал. Спросил, как мы держимся. Брат с сестрой сказали, что плохо. Я сказал, что нормально. Полицейский просто ошибся. На дороге снежные заносы. Возможно, не разглядел. Вернулась мама. Вся в слезах. Посмотрела на папу и кивнула. Папа ее обнял. Только тогда до меня дошло, что полицейский не ошибся.

Что было дальше — не знаю, честно. Никогда не спрашивал. Помню только, что я попал в клинику. Помню, как сидел под яркой лампой. Как доктор задавал мне вопросы. Как я ему рассказывал, что тетя Хелен была единственной, кто меня обнимал. Помню, как в первый день Рождества увидел в приемной моих родных. Помню, что меня не взяли на похороны. Я так и не простился с тетей Хелен.

Не помню, как долго я наблюдался у доктора. Как долго не ходил в школу. Долго. Это точно. Помню только, что в один прекрасный день мне полегчало, потому как я вспомнил, что сказала тетя Хелен, перед тем как уехать в метель.

Запахнула она пальто. Я ей, как всегда, протянул ключи от машины — она их вечно не могла найти. Спросил, куда она едет. Она ответила, что это секрет. Я не отставал, но тете Хелен это даже нравилось. Ей нравилось, когда я приставал к ней с расспросами. В конце концов она покачала головой, улыбнулась и шепнула мне на ухо:

— Еду покупать тебе подарок на день рождения.

Больше я ее не видел. Мне нравится воображать, как тетя Хелен сейчас получила бы хорошую работу, ради которой училась на курсах. Как она встретила хорошего человека. Как сбросила вес — ей всегда хотелось похудеть без всяких диет.

Что бы там ни говорили мама, и доктор, и папа насчет виноватых, я не могу выбросить из головы то, что мне известно. А известно мне то, что тетя Хелен была бы жива, купи она мне один-единственный подарок, как все. Она была бы жива, если б меня не угораздило родиться в снежное время года. Я бы и рад отделаться от этого чувства. Мне очень ее не хватает. Все, больше писать не буду, а то совсем раскис.

Счастливо.
Чарли

30 декабря 1991 г.

Дорогой друг!

В тот же день, когда я тебе написал, закончил «Над пропастью во ржи». Потом еще три раза перечитывал. Прямо не знаю, куда себя девать. Сегодня вечером наконец-то возвращаются Сэм и Патрик, но мы с ними не увидимся. Патрик сразу же помчится неизвестно куда на встречу с Брэдом. Сэм помчится на свидание с Крейгом. Увижу их только завтра: сначала пойдем в «Биг-бой», а потом к Бобу на новогоднюю вечеринку.

И что клево: в «Биг-бой» я приеду на машине, самостоятельно! Папа сказал, что никуда меня не отпустит, если погода не разгуляется, но вчера действительно немного прояснилось. По такому случаю я записал сборную кассету. Назвал ее «Впервые за рулем». Может, не стоит так сентиментальничать, но мне приятно думать, что в старости я смогу перебирать все эти кассеты и вспоминать свои поездки.

Впервые я сам поехал к тете Хелен. Это был первый случай, когда я отправился к ней без мамы. Постарался все обставить торжественно. На карманные деньги, полученные к Рождеству, купил цветы. Даже записал ей кассетный сборник и положил на могилу. Надеюсь, ты не считаешь, что у меня закидоны.

Я рассказал тете Хелен про свою жизнь. Про Сэм и Патрика. Про их друзей. Про первую в моей жизни новогоднюю вечеринку, которая будет завтра. Рассказал, что на первый день нового года у моего брата назначен заключительный матч сезона. Рассказал, как брат уезжал и как плакала мама. Рассказал о прочитанных книгах. Про песню «Asleep». Про то, как мы все ощущали себя бесконечными. Как я получал права. Туда меня отвезла мама, а обратно я уже сел за руль сам. А инспектор, который меня экзаменовал, не кривился, и фамилия у него была простая — я даже подумал, тут какой-то подвох.

Помню, когда я уже собирался распрощаться с тетей Хелен, у меня потекли слезы. Реальные слезы. Не от беспричинной тревоги, что со мной частенько случается. И я дал слово тете Хелен, что если впредь и буду плакать, то по серьезным поводам, поскольку мне неприятно думать, что если я буду плакать по пустякам, то мои слезы по тете Хелен окажутся несерьезными.

Попрощался — и домой.

На ночь опять почитал ту же книгу, а иначе, боюсь, я бы снова расплакался. От беспричинной тревоги. Читал до полного изнеможения, пока глаза не стали слипаться. Утром дочитал и сразу вернулся к началу. Опять же — чтобы не хотелось плакать. Потому что я тете Хелен слово дал. И чтобы не думать. Как всю эту неделю. Думать больше не могу. И никогда не смогу.

Не уверен, что тебе знакомо такое ощущение. Что у тебя возникало желание проспать тысячу лет. Или вообще не существовать. Или не ощущать, что ты существуешь. Или что-нибудь в этом духе. Подозреваю, что это нездоровое желание, но в такие минуты оно у меня возникает. Вот почему я стараюсь не думать. Просто хочу, чтобы мысли перестали крутиться в голове. Если дальше будет хуже, придется, как видно, опять ехать к доктору. А то уже стремно, как тогда.

Счастливо.

Чарли

1 января 1992 г.

Дорогой друг!

Сейчас четыре часа утра, новый год наступил, но пока люди не угомонились, можно считать, что 31 декабря еще продолжается. Мне не спится. Все остальные либо дрыхнут, либо занимаются сексом. Я смотрю кабельное телевидение и поедаю квадратики оранжевого желе. Наблюдаю, как плывут все предметы. Хотел рассказать тебе про Сэм и Патрика, про Крейга и Брэда, про Боба и всех остальных, но сейчас ничего не помню.

На улице тишь да гладь. Я точно знаю. А до этого я сам приехал в «Биг-бой». Повидался с Сэм и Патриком. С ними были Брэд и Крейг. И я совсем затосковал, потому как хотел, чтобы мы посидели втроем. Раньше таких помех не возникало.

Час назад было еще хуже, я смотрел на это дерево, но оно было то драконом, то деревом, и мне вспомнилось, как в один погожий денек я был воздухом. Вспомнилось, как в тот день я подстригал газон, отрабатывая карманные деньги, точно так же, как отрабатываю зимой, разгребая от снега подъездную дорожку. Короче, взялся я разгребать дорожку перед домом Боба — нечего сказать, нашел себе занятие на время новогодней вечеринки.

128

От мороза у меня раскраснелись щеки, как на испитой физиономии мистера З., и я увидел его черные ботинки и услышал его голос, объясняющий, что гусеница очень мучительно превращается в кокон, а жвачка переваривается в желудке целых семь лет. А этот парнишка, Марк, который сегодня на вечеринке дал мне попробовать это желе, появился откуда ни возьмись и уставился на небо и велел мне посмотреть на звезды. Короче, задрал я голову, и оказалось, что мы находимся внутри гигантского купола, похожего на слепленный из стекла снежок, и Марк объяснил, что удивительные белые звезды — это на самом деле всего лишь дырки в черном стекле купола и, когда ты взмываешь в небеса, стекло разлетается вдребезги, а за ним открывается покров звездной белизны, которая ярче всего во Вселенной, но не слепит глаза. Покров этот не имеет конца и края, открыт взгляду и бесшумно тонок, и я почувствовал себя пигмеем.

Иногда смотрю я в окно и думаю, что множество народу уже видели тот же снег. Множество народу читали те же книги. Слушали те же песни.

Интересно, какие у других людей ощущения этой ночью.

Несу сам не знаю что. Наверно, зря стал тебе писать, потому что у меня перед глазами до сих пор плывут все предметы. Лучше бы они остановились, но им положено плавать еще несколько часов. Так Боб сказал перед тем, как отправиться спать вместе с Джилл — эту девушку я раньше не видел.

Наверно, если говорить коротко, можно сказать, что все эти ощущения мне уже хорошо знакомы. И не только мне. Уверен, что не я один это чувствовал. Вот точно так же, когда на улице тишь да гладь, а у тебя перед глазами плывут предметы и тебе это совершенно ни к чему, а все остальные дрыхнут. И все книги, которые ты читаешь, читали и другие люди тоже. И все твои любимые песни тоже слушали другие люди. И та девушка, которая для тебя красива, красива и для других. И ты не сомневаешься, что в хорошем настроении мог бы только порадоваться этим фактам, потому как из них складывается «единение».

Ну, типа, когда тебе нравится девушка и ты видишь незнакомую парочку, которая держится за руки, ты за этих двоих только порадуешься. А в другой момент видишь ту же самую парочку — и на душе муторно делается. И желаешь только одного — всегда за них радоваться, поскольку теперь тебе известно: если ты за них радуешься, значит и у самого все в порядке.

Ага, вспомнил, что меня навело на эти мысли. Надо записать — может, тогда больше не придется к этому возвращаться. И расстраиваться. Вся штука в том, что я слышу, как Сэм и Крейг занимаются сексом, и впервые в жизни понимаю конец того стихотворения.

Хотя вовсе к этому не стремился. Поверь.

Счастливо.

Чарли

ЧАСТЬ ТРЕТЬЯ

4 января 1992 г.

Дорогой друг!

Прошу прощения за то письмо. Если честно, я его плохо помню, но, судя по тому, в каком состоянии я проснулся, хорошего там было мало. Помню, остаток ночи я шатался по дому в поисках конверта с маркой. Нашел, надписал твой адрес и отправился вниз по склону, мимо этих деревьев, на почту, потому что, не брось я это письмо в ящик, откуда уже не достать, я бы вообще его не отправил.

Даже странно, что для меня это было так важно.

Дойдя до почты, я бросил письмо в прорезь ящика. И как будто поставил точку. Успокоился. И тут меня стало рвать, да так, что не отпускало до самого рассвета. Посмотрел я на дорогу, вижу — полно машин, и я понял, что все едут поздравлять бабушек и дедушек. И многие, как я понял, будут после обеда смотреть по телику игру моего брата. Мысли у меня запрыгали.

Брат... футбол... Брэд, Дейв со своей подружкой у меня в комнате... сваленные куртки... холод... зима... «Осенние листья»... никому не говори... извращенец... Сэм и Крейг... Сэм... Рождество... печатная машинка... подарок... тетя Хелен... плывущие деревья... безостановочно... я лег на снег и принялся лепить ангела.

133

Меня, посиневшего от холода, нашел полицейский. Я спал в снегу.

Потом меня еще долго бил озноб, даже после того, как родичи примчались за мной на станцию скорой помощи и забрали домой. Неприятностей ни у кого не было, поскольку со мной такое случалось и раньше, в детстве, пока я состоял на учете у доктора. Я тогда уходил куда глаза глядят и засыпал где попало. Сейчас все знали, что я пошел на вечеринку, но никому, даже моей сестре, в голову не пришла истинная причина того, что со мной случилось. А я помалкивал, потому как не хотел, чтобы у Сэм с Патриком или у Боба, да у кого угодно, были неприятности. Но меньше всего мне хотелось увидеть, какое лицо будет у мамы, не говоря уже о папе, если я скажу правду.

Поэтому я вообще ничего не сказал.

Сидел себе тихо и озирался. Кое-что подмечал. Точки на потолке. Грубый ворс одеяла, которым меня укутали. Резиновые физиономии врачей. И оглушительный шепот, заполонивший помещение, когда один из них сказал, что мне, по-видимому, опять нужно будет наблюдаться у психиатра. Впервые об этом заговорили прямо при мне. Халат у него был жутко белый. А на меня навалилась усталость.

Весь день мысли были только об одном: из-за меня мы не посмотрели футбольный матч моего брата; оставалось только надеяться, что у сестры хватило ума записать его на видео.

К счастью, хватило.

Приехали мы домой, мама заварила мне чаю, папа спросил, не хочу ли я пересесть на диван и посмотреть футбол, и я сказал, что хочу. Посмотрели, как здорово играл мой брат, но в этот раз никакого ликования не было. Все тайком косились в мою сторону. А мама без конца меня подбадривала: как у меня в этом учебном году повысилась успеваемость и как доктор наверняка поможет мне выпутаться из всех неприятностей. Когда мама делает вид, что у нас все хорошо, ей удается одновременно и молчать, и разговаривать. Папа меня «любовно похлопывал». То есть награждал легкими шлепками в область колена, плеча и локтя. Сестра сказала, что поможет мне привести в порядок волосы. Мне было дико, что я вдруг оказался в центре внимания.

— В каком смысле? Чем тебе не нравятся мои волосы?

Сестра замялась и отвела глаза. Я провел руками по волосам — и обнаружил, что от них осталась примерно половина. Совершенно не помню, как это произошло, честное слово, но, судя по всему, я взял ножницы и сам себя обкорнал. Целые пряди отчекрыжил. Получилось — как будто лишай подцепил. На той вечеринке я долго не подходил к зеркалу, потому что не узнал свое лицо и перепугался. Иначе я бы заметил.

Сестра кое-как подровняла это безобразие, и мне очень повезло, потому что в школе все ребята, включая Сэм и Патрика, сочли, что это крутой причесон.

Патрик даже сказал «шикарно».

Но я все равно решил, что больше никогда в жизни не притронусь к ЛСД.

Счастливо.
Чарли

14 января 1992 г.

Дорогой друг!

Чувствую себя злостным симулянтом: понемногу склеиваю свою жизнь, и никто об этом не догадывается. Мне влом торчать у себя в комнате и читать, хотя это мое вечное занятие. Влом даже разговаривать с братом по телефону. Его команда заняла третье место в национальном первенстве. Никто ему не сказал, что из-за меня мы пропустили прямую трансляцию его матча.

Сходил я в библиотеку и полистал некую книгу, потому что у меня начались страхи. Перед глазами то и дело начинали двигаться разные предметы, а все звуки сливались в тяжелые, гулкие басы. Мысли путались. В книге было сказано, что люди иногда пробуют ЛСД, а потом не могут выйти из-под его действия. Считается, что ЛСД активизирует определенный тип нейротрансмиттеров мозга. Считается, что действие ЛСД равносильно двенадцати часам шизофрении, а если у тебя в мозгу и без того активно действует этот нейротрансмиттер, ты рискуешь никогда не выйти из такого состояния.

В библиотеке я стал задыхаться. Дело было плохо: я прекрасно помнил, как выглядели ребята-шизофреники в той больнице, куда меня поместили в детстве. Да еще, как назло, в школе, по моим наблюдениям, все щеголяли в обновках, полученных на Рождество, я и тоже решил надеть костюм, полученный от Патрика, и вся школа целый день лежала впокатуху. День был ужасающий. Впервые в жизни я промотал урок и вышел во двор, к Патрику и Сэм.

— Стильный вид, Чарли. — Патрик ухмыльнулся.

— Можно сигарету? — попросил я.

Не смог заставить себя сказать «Курнуть есть?» Тем более это было впервые. Ну не смог — и все тут.

— Конечно, — сказал Патрик.

Сэм его остановила.

— Что стряслось, Чарли?

Я рассказал им, что стряслось, и Патрик стал расспрашивать, не случился ли у меня «бэд трип».

— Да нет же. Нет. Это ни при чем.

Я начал реально беситься. Сэм приобняла меня за плечи и сказала, что понимает мое состояние. Сказала, чтобы я не волновался на этот счет. Когда у тебя появляется первый опыт, ты запоминаешь, что видел под кайфом. Вот и все. Например, как дорога вздымалась волнами. Как твое лицо становилось резиновым, а один глаз больше другого. Это все у тебя в памяти.

Только после этого она дала мне сигарету.

Я прикурил и даже не закашлялся. Более того, стал успокаиваться. Знаю, курить вредно, нам на ОБЖ рассказывали, но мне помогло.

— Ну-ка, сосредоточься на дыме, — сказала Сэм.

И я сосредоточился на дыме.

— Ну что, нормально выглядит, правда?

— Угу. — Вроде бы я так ответил.

— Теперь посмотри на бетон спортплощадки. Он плывет?

— Угу.

— Ладно... теперь посмотри — вон там бумажка на земле валяется. Она плывет?

И я сосредоточился на бумажке, которая валялась на земле.

— А теперь бетон плывет?

— Нет. Не плывет.

Вот отсюда и надо танцевать: все будет нормально, только кислотных экспериментов больше не нужно, и дальше Сэм объяснила, что такое «транс». Транс — это когда ты не можешь ни на чем сосредоточиться и вся картинка вокруг тебя перекатывается и плывет. Она сказала, что на самом деле это метафора, но люди, которым кислота противопоказана, воспринимают это буквально.

Тут я захохотал. Это было такое облегчение. И Сэм с Патриком заулыбались. Я обрадовался, что они заулыбались, — невмоготу было видеть их озабоченные физиономии.

С того момента почти никакие вещи никуда не плыли. Уроки я больше не прогуливал. И теперь, по-моему, уже не ощущаю себя злостным симулянтом, когда пытаюсь понемногу склеить свою жизнь. Билл счел, что мое сочинение по роману «Над пропастью во ржи» (напечатанное на моей новехонькой подержанной машинке!) лучше всех предыдущих. Он сказал, что я быстро «прогрессирую», и дал мне «в награду» еще одну книжку — «В дороге» Джека Керуака.

Курю я теперь по полпачки в день.

Счастливо.

Чарли

25 января 1992 г.

Дорогой друг!

До чего же мне хорошо! Честное слово. Нужно запомнить это ощущение на случай очередной паршивой недели. Ты пользуешься таким способом? Допустим, тебе очень паршиво, а потом все проходит, и ты сам не знаешь почему. Я всегда стараюсь себе напомнить, что после хорошего настроения, вот как сегодня, наступит очередная черная полоса, поэтому я накапливаю как можно больше позитивных впечатлений, чтобы вспоминать их во время черной полосы и верить, что все наладится. Не могу сказать, что это сильно помогает, но попробовать, мне кажется, необходимо.

Мой психиатр — очень приятный человек. Гораздо лучше предыдущего. Мы беседуем обо всем, что я думаю, ощущаю и помню. Например, о том, как я в детстве пошел гулять по улице. Совершенно голый и под голубым зонтиком, хотя в тот день дождя не предвиделось. И был ужасно доволен, потому что мама заулыбалась. А улыбалась она не часто. Короче, она меня сфотографировала. И соседи начали строчить жалобы.

Или еще был случай: увидел я рекламный ролик одного фильма про человека, которого обвинили в убийстве, хотя он никого не убивал. Играл его актер из «Чертовой службы в госпитале МЭШ». Видимо, потому я и запомнил. В рекламе говорилось, что на протяжении всего фильма герой пытается доказать свою невиновность, но все равно рискует угодить за решетку. От этого я жутко струсил. И сам испугался, насколько я испугался. Выходило, что можно понести наказание за то, чего ты не совершал. Или стать невинной жертвой. Вот уж не хотел бы оказаться в такой роли.

Не знаю, важно ли с тобой этим поделиться, но в то время у меня в мозгах произошел настоящий «переворот».

Самое лучшее в моем психиатре то, что у него в приемной лежат музыкальные журналы. Во время одного посещения мне попалась статья о «Нирване», безо всякой там медово-горчичной заправки или зеленого салата. Зато вся беседа вертелась вокруг желудочных проблем солиста. Дикость какая-то.

Я уже говорил, что Патрик и Сэм фанатеют от их главного хита, вот я и подумал — почитаю, мол, будет о чем потом поговорить. Под конец его сравнили с Джоном Ленноном из «Битлз». Позже я рассказал это Сэм, и она прямо взвилась. Сказала: если с кем его и сравнивать, так только с Джимом Моррисоном, но, вообще-то, он ни на кого не похож, только на себя. Мы сидели в «Биг-бое» после «Рокки Хоррора», и у нас началась серьезная дискуссия.

Крейг заявил: мол, проблема в том, что каждый вечно норовит сравнить человека с другими и тем самым его принижает, как у них на уроках фотографии.

Боб сказал: все это потому, что наши родители не желают расставаться со своей юностью — их убивает, если у них нет возможности оглянуться назад.

Патрик сказал: проблема в том, что на самом деле все уже было и придумать нечто новое очень сложно. Никто не может стать вровень с Битлами, потому что Битлы сами задали «контекст». А поднялись так они по той причине, что им не с кем было себя сравнивать — пределом было только небо.

Сэм добавила, что в наше время группа или какой-нибудь исполнитель начинают сравнивать себя с «Битлз» после второго альбома, и с этого момента их индивидуальность идет на убыль.

— А ты что думаешь, Чарли?

Я не мог вспомнить, где я это слышал или читал. Возможно, в романе Ф. С. Фицджеральда «По эту сторону рая». Там ближе к концу есть эпизод, когда этого парня подвозит на машине какой-то господин постарше. Оба направляются в Принстон, на футбольный матч по случаю встречи однокашников, и между ними разгорается дискуссия. Пожилой господин уверен в себе. У парня нервы на пределе.

Короче, начинают они спорить, и парень временно оказывается идеалистом. Он рассуждает о своем «беспокойном поколении» и тому подобных вещах. И говорит что-то вроде этого: «Сейчас не время для героев — никто этого не допустит». Действие романа происходит в 1920-е годы, и это, по-моему, классно, поскольку мне показалось, что аналогичный разговор мог бы состояться в «Биг-бое». Возможно, и состоялся — между нашими отцами и дедами. Возможно, он происходил и сейчас, в нашей компании.

Короче, я сказал, что, по-моему, журнал старался сделать из него героя, а впоследствии кто-нибудь, возможно, раскопает нечто такое, отчего он покажется недочеловеком. А зачем это нужно, я не знал, потому что для меня он просто автор песен, которые многим нравятся, и я подумал, что это устроит всех участников спора. Может, конечно, я ошибаюсь, но все за нашим столиком подхватили эту тему.

Сэм во всем винила телевидение. Патрик винил правительство. Крейг винил «медийные холдинги». Боб отсиживался в туалете.

Не знаю, как назвать такие дебаты, и точно знаю, что мы ни к чему не пришли, но как же было классно сидеть за столиком и высказывать свою точку зрения. Как Билл мне советовал — погружаться в жизнь. Однажды я ходил на дискотеку по случаю встречи выпускников (я тебе рассказывал), но здесь было куда интереснее. А особенно интересно было думать, что люди во всем мире ведут подобные разговоры в таких же местах, как наш «Биг-бой».

Может, я бы и высказал это за столиком, но там все наслаждались своим цинизмом, и мне не хотелось встревать. Так что я откинулся на спинку стула и стал наблюдать за Сэм, которая сидела рядом с Крейгом, и старался не слишком расстраиваться по этому поводу. Должен сказать, мне это плохо удавалось. Но в какой-то момент Крейг пустился в разглагольствования, а

Сэм повернулась ко мне и улыбнулась. Улыбка была — как при замедленном движении в кино, а потом все стало нормально.

Рассказал я об этом своему психиатру, но он сказал, что выводы делать преждевременно.

Ну, не знаю. День я провел отлично. Надеюсь, ты тоже.

Счастливо.
Чарли

2 февраля 1992 г.

Дорогой друг!

«В дороге» — очень хорошая книжка. Билл не задавал мне по ней сочинение, потому что, как я уже сказал, она была «в награду». Зато он пригласил меня после уроков к себе в кабинет для обсуждения, и я пришел. Он заварил чай, все по-взрослому. Даже разрешил мне курить прямо в кабинете, но стал убеждать отказаться от никотина, чтобы не навредить здоровью. Брошюрку достал для меня из письменного стола. Теперь она мне служит вместо закладки.

Я-то думал, мы с Биллом будем беседовать о книге, но разговор у нас получился «на общие темы». Здорово, что беседы пошли буквально одна за другой. Билл расспрашивал про Сэм и Патрика, про моих родителей, я рассказал, как сдавал на права и про нашу дискуссию в «Биг-бое». Про своего психиатра тоже рассказал. Умолчал, правда, о той вечеринке и о моей сестре и ее парне. Они встречаются до сих пор, причем тайно, и, по словам сестры, «это только разжигает страсть».

Рассказал я Биллу, как идет моя жизнь, а потом стал расспрашивать про его дела. И это тоже была приятная часть беседы, потому что он не заносился, не сравнивал себя со мной, ниче-

144

го такого. Держался естественно. Рассказал, что окончил какой-то колледж на Западе, где не ставят оценок, и мне это показалось нелепостью, но Билл сказал, что там дают прекрасное образование. Пообещал в свое время принести мне буклет.

Окончив магистратуру в Университете Брауна, Билл некоторое время путешествовал по Европе, а когда вернулся домой, примкнул к движению «Учи ради Америки». По окончании этого учебного года он собирается переехать в Нью-Йорк и стать драматургом. Мне кажется, он совсем молодой, но я подумал, что спрашивать невежливо. Зато я спросил, есть ли у него девушка, и он сказал, что нет. Мне показалось, тут он погрустнел, но я не стал допытываться, потому что дело это слишком личное. Потом он дал мне следующую книгу — называется «Голый завтрак».

Я, как пришел домой, сразу взялся читать, но, если честно, ничего не понимаю. Биллу я в этом признаться не смогу. Сэм объяснила, что Уильям Берроуз, когда писал эту книгу, употреблял героин, а потому я должен просто «плыть по течению». Так я и сделал. Но все равно ничего не понял, так что спустился я в гостиную и сел вместе с сестрой смотреть телевизор.

Показывали «Гомера Пайла», а моя сестра сидела как в воду опущенная. Я попытался с ней заговорить, но она потребовала, чтобы я заткнулся и не приставал. Посмотрел я немного эту серию, но смысла в ней увидел еще меньше, чем в книге, и решил сделать домашку по математике, что оказалось ошибкой, потому что в математике я всегда туго соображал.

Весь день слонялся как неприкаянный.

Хотел помочь маме на кухне, но уронил кастрюлю, и мама сказала, чтобы я пошел к себе в комнату и почитал до папиного прихода, но ведь все эти неувязки приключились как раз из-за чтения. К счастью, папа пришел до того, как я успел снова взяться за книгу, но он сказал, чтобы я «не висел на нем, как обезьяна» и не мешал ему смотреть хоккей. Я немного посмотрел матч с ним вместе, но не мог удержаться и все время спрашивал, из какой страны родом тот или иной игрок, а он хотел «дать отдых глазам», то есть подремать, но так, чтобы никто не переключал каналы. Короче, он велел мне перейти к другому телевизору и посмотреть передачу вместе с сестрой, я пошел туда, а сестра велела мне пойти на кухню и помочь маме, я пошел туда, а мама отправила меня в комнату, читать книжку. И я пошел туда.

Прочел уже примерно треть, пока вроде ничего.

Счастливо.
Чарли

8 февраля 1992 г.

Дорогой друг!

У меня появилась пара на белый танец. Если ты не в курсе, это такой танец, на который девушка приглашает парня. В данном случае девушка — это Мэри-Элизабет, а парень — я. Представляешь?!

По-моему, началось это в пятницу, когда я помогал Мэри-Элизабет сшивать скрепками свежий номер «Панк-Рокки», перед тем как отправиться на «Рокки Хоррор». Мэри-Элизабет в тот день была со мной очень приветлива. Сказала, что это у нас лучший номер за все время, по двум причинам.

Во-первых, в цвете, а во-вторых, в нем помещено стихотворение, которое я подарил Патрику.

И в самом деле, номер получился бесподобный. Думаю, я даже с годами не изменю своего мнения. Крейг предоставил пару цветных фотографий. Сэм предоставила «подпольные» новости о нескольких группах. Мэри-Элизабет написала статью о кандидатах от демократической партии. Боб предоставил перепечатку брошюры, ратующей за легализацию конопли. А Патрик состряпал купон «на отсос» для каждого, кто закажет печенье «смайлики» в кафе «Биг-бой». Для ограниченной категории посетителей!

Была даже — ты не поверишь — фотография обнаженного Патрика (со спины). Это Крейг его снял по настоянию Сэм. Мэри-Элизабет всех попросила не трепаться, что здесь изображен Патрик, и все послушались — кроме Патрика.

Он весь вечер орал: «Что имеешь — покажи, беби! Что имеешь — покажи!» — это его любимая фраза из его любимого фильма «Продюсеры».

От Мэри-Элизабет я узнал, что Патрик, по ее мнению, для того просил поставить в номер этот снимок, чтобы Брэд, не вызывая подозрений, мог хранить у себя его фотку. Брэд купил этот номер и даже не просмотрел, так что Мэри-Элизабет, вероятно, была права.

Когда я вечером пришел на «Шоу ужасов Рокки Хоррора», Мэри-Элизабет была вне себя от ярости, потому что Крейг не явился. По какой причине — никто не знал. Даже Сэм. К несчастью, дублера на роль Рокки, мускулистого робота (не могу точно сказать, что он собой представляет), у нас не было. Обведя глазами всех наших, Мэри-Элизабет повернулась ко мне:

— Чарли, сколько раз ты смотрел шоу?

— Десять.

— Как по-твоему, ты сумеешь сыграть Рокки?

— Я же не брутальный чувак.

— Не важно. Сумеешь или нет?

— Думаю, да.

— Думаешь или знаешь?

— Думаю.

— И на том спасибо.

Я оглянуться не успел, как меня раздели догола и дали тапочки и купальные плавки, расписанные золотой краской. Непонятно, как я временами попадаю в такие истории. Я жутко задергался, потому что в какой-то момент Рокки должен оглаживать Дженет по всему телу, а роль Дженет исполняла Сэм. Патрик все время меня подкалывал насчет эрекции. Оставалось только надеяться, что этого со мной не произойдет. Однажды у меня случилась эрекция прямо на уроке, и тут меня вызвали к доске. Вот был кошмар. И когда у меня в памяти всплыл этот печальный опыт, помноженный на тот факт, что сейчас на мне были одни плавки, я запаниковал. Уже собирался отказаться, но Сэм сказала, что реально хочет видеть меня в этой роли, и больше меня упрашивать не пришлось.

Не буду подробно описывать, как все прошло, скажу только, что это были самые лучшие минуты моей жизни. Честно. Я открывал рот под фонограмму, танцевал, а в финале набросил на себя «боа из перьев», которому вначале не придавал значения, реквизит и реквизит, но у Патрика это боа не сходило с языка.

— Чарли в перьях! Чарли в перьях! — Он просто катался со смеху.

Но лучше всего удалась сцена с Дженет, где мы должны были гладить друг дружку по всему телу. Я так говорю не потому, что получил возможность прикоснуться к Сэм и дать ей прикоснуться к себе. Как раз наоборот. Понимаю, это звучит глупо, но я говорю правду. Перед самой этой сценой я подумал, что всерьез ласкать ее на сцене будет пошло. Как бы ни хотелось мне когда-нибудь к ней прикоснуться, пошлость для меня неприемлема. Мне не нужно, чтобы это были Рокки и Дженет. Мне нужно, чтобы это были Сэм и я. И чтобы она считала так же. Короче, мы просто исполняли свои роли.

Потом все вышли на поклоны, и зал взорвался аплодисментами. Патрик даже вытолкнул меня вперед, чтобы я поклонился отдельно от других. Мне кажется, так проходит обряд инициации новых членов труппы. Я думал только об одном: до чего же приятно, когда все мне хлопают, и как удачно, что никто из моих родных не видел, как я, кутаясь в боа из перьев, играл Рокки. Особенно папа.

Эрекции, конечно, избежать не удалось — правда, позднее, на стоянке возле «Биг-боя».

Аккурат когда Мэри-Элизабет пригласила меня на вечер белых танцев, а перед этим сказала:

— Ты обалденно выглядел в сценическом костюме.

Люблю я девушек. Честно. Потому что им кажется, что ты обалденно выглядишь в плавках, хотя это далеко не так. Из-за той эрекции я, между прочим, долго чувствовал себя виноватым, а что было делать?

Рассказал я сестре, что на танцы пойду не один, но у нее были совсем другие мысли. Потом хотел с ней посоветоваться, как вести себя с девушкой в такой ситуации, у меня ведь опыта нет, но ответа не добился. Это она не из вредности. Она просто сидела, «уставясь в пространство». Я спросил, как она себя чувствует, но она сказала, что ей нужно побыть одной, поэтому я пошел к себе наверх дочитывать «Голый завтрак».

Дочитал, повалялся на кровати, глядя в потолок, и заулыбался, потому что меня окружала приятная тишина.

Счастливо.
Чарли

9 февраля 1992 г.

Дорогой друг!

Вдогонку к моему последнему письму. Я знаю, что Сэм ни за что не пригласила бы меня на танцы. Она бы вытащила Крейга, а если не Крейга, то Патрика, потому что Брэд идет с Нэнси, со своей девушкой. Мне кажется, Мэри-Элизабет по-настоящему умная и яркая личность, и я рад, что первое свидание у меня будет именно с ней. Но после того как я дал согласие и Мэри-Элизабет доложила об этом всей нашей компашке, мне захотелось, чтобы Сэм приревновала. Я понимаю, такие желания человека не украшают, но мне реально этого хотелось.

Если честно, Сэм, по-моему, только порадовалась, а это уж вообще жесть.

Зато она мне подсказала, как вести себя на свидании; очень даже интересно. Она объяснила, что такой девушке, как Мэри-Элизабет, не нужно делать комплименты насчет ее внешности. Лучше сказать, что она очень стильно одета, потому что прикид, в отличие от внешности, девушка выбирает сама. И еще: некоторым девушкам нравится, когда ты помогаешь им выйти из машины, даришь цветы, но с Мэри-Элизабет (тем более на вечере белых танцев) это будет неправильно. Тогда я спросил, а что же будет правильно, и она объяснила,

151

что нужно задавать ей побольше вопросов и не брать в голову, если Мэри-Элизабет сама будет говорить без умолку. Я сказал, что получается как-то недемократично, а Сэм объяснила, что Мэри-Элизабет всегда так ведет себя с парнями.

Насчет интима с Мэри-Элизабет — здесь, по словам Сэм, уверенности нет, потому как она уже не раз встречалась с парнями, так что опыта у нее намного больше, чем у меня. Сэм говорит: если не уверен, как вести себя в интимной обстановке, то просто подмечай, как целуется твоя девушка, и в ответ делай для нее все то же самое. Говорит, что здесь надо быть очень нежным, а я этого и хочу.

Короче, я ее попросил:

— Можешь меня научить?

А она:

— Ишь какой умный!

У нас с ней иногда бывает такой треп. Она каждый раз смеется. После того как Сэм научила меня с шиком щелкать зажигалкой «зиппо», я задал ей еще пару вопросов насчет Мэри-Элизабет.

— А вдруг я не захочу с ней никакого интима?

— Тогда просто скажи, что ты не готов.

— А это прокатит?

— В каких-то случаях прокатывает.

Хотел спросить и про другие случаи, но это слишком личное, а если честно, меня это не колышет. Ну почему я никак не могу разлюбить Сэм? Не могу — и все тут.

Счастливо.
Чарли

15 февраля 1992 г.

Дорогой друг!

Настроение у меня паршивое, потому что все идет наперекосяк. Нет, на танцы я, конечно, сходил и сделал комплимент Мэри-Элизабет насчет ее прикида. Задавал ей вопросы, не перебивал, когда она трещала без умолку. Узнал много нового: про «сексуальную объективацию», про коренное население Америки, про буржуазию.

Но больше всего я узнал о самой Мэри-Элизабет.

Мэри-Элизабет хочет поступить в Беркли, сразу на две специальности. Во-первых, на политологию. Во-вторых, на социологию, с уклоном в гендерные исследования. Школу она ненавидит и хочет попробовать себя в лесбиянстве. Я спросил, нравятся ли ей девушки чисто на внешность, а она посмотрела на меня, как на придурка, и говорит:

— Это к делу не относится.

У Мэри-Элизабет любимый фильм — «Красные». Любимая книга — автобиография той женщины, которая выведена в фильме «Красные». Как зовут — не помню. Любимый цвет у Мэри-Элизабет — зеленый. Любимое время года — весна. Любимое мороженое (обезжиренный замороженный йогурт она не ест из принципа) — вишневое. Любимое блюдо — пицца (грибы пополам с зеленым перцем, и ничего больше). Мэри-Эли-

153

забет — вегетарианка, родаков своих ненавидит. Бегло говорит по-испански.

За весь вечер она задала мне один-единственный вопрос: будем мы с ней целоваться на прощанье или нет? Я, говорю, не готов; она сказала, что понимает и что классно провела время. Сказала, что я самый чуткий парень из всех, с кем она встречалась. С чего она это взяла — ума не приложу: я себя проявил только тем, что ее не перебивал.

Потом она спросила, хочу ли я и дальше с ней встречаться, но я не знал, что ей ответить, потому что мы с Сэм такого не предусмотрели. На всякий случай сказал «да», чтобы не обидеть, но боюсь, я столько вопросов не придумаю, чтобы еще на целый вечер хватило. Прямо не знаю, как быть. Сколько раз прилично объявлять, что ты не готов целоваться? Думаю, с Мэри-Элизабет я никогда не буду готов. Может, Сэм что-нибудь посоветует.

Между прочим, Сэм вытащила на танцы Патрика, потому что Крейг сказал, что ему некогда. Мне кажется, они вдрызг разругались по этому поводу. Под конец Крейг заявил, что для студента дебильная школьная дискотека — пройденный этап. В какой-то момент Патрик отошел на стоянку забить косячок со школьным психологом, а Мэри-Элизабет стала требовать, чтобы диджей поставил какую-нибудь женскую группу, и я остался наедине с Сэм.

— Тебе здесь нравится?

Сэм ответила не сразу. Погрустнела как-то.

— Да не так чтобы очень. А тебе?

— Не знаю. У меня опыта нет, мне сравнивать не с чем.

— Не парься. У тебя все получится.
— Точно?
— Пунша хочешь?
— Хочу.

Сэм отошла. Вид у нее был печальный; я бы что угодно сделал, лишь бы ее подбодрить, но бывают, наверно, такие случаи, когда сделать ничего нельзя. Постоял я у стенки, посмотрел, как люди танцуют. Мог бы тебе описать, но это не то, если ты сам там не был и даже ребят этих не знаешь. Хотя не исключаю, что тех же самых людей ты знал еще в средней школе, — понимаешь, к чему я веду?

Эту дискотеку отличала только одна особенность: там присутствовала моя сестра. Со своим парнем. Похоже, во время медленного танца у них случился крупный конфликт: он от нее отвернулся, она сдернула с танцпола и побежала в сторону туалетов. Я хотел ее догнать, но она уже скрылась. На дискотеку она не вернулась, и тот парень тоже вскоре ушел.

Мэри-Элизабет подбросила меня домой, и я первым делом отыскал сестру — она плакала в цокольной гостиной. Совсем не так, как раньше. Я даже испугался. Заговорил с ней тихо, медленно:

— Тебе плохо?
— Отстань, Чарли.
— Нет, серьезно. Что случилось?
— Ты не поймешь.
— Я постараюсь.
— Не смеши меня. Не смеши.
— Давай я разбужу маму с папой?
— Еще чего!
— Может, они хотя бы...

— ЧАРЛИ! ЗАТКНИСЬ! ЯСНО ТЕБЕ?! ЗА-ТКНИСЬ!

Тут она разрыдалась по-настоящему. Чтобы ее не изводить, я повернулся и хотел уйти. И тут сестра меня обняла. Молча. Просто крепко обняла и не отпускала. Я тоже ее обнял. Дикость, конечно, я ведь сестру никогда в жизни не обнимал. Разве что по команде родителей. Вскоре она немного успокоилась и меня отпустила. Сделала глубокий вздох, убрала с лица прилипшие волосы.

А потом сказала мне, что беременна.

Больше про тот вечер ничего рассказывать не буду, да, честно говоря, я мало что помню. Все было как в печальном сне. Как я понимаю, парень заявил, что ребенок не от него, но сестре-то лучше знать. И еще: прямо там, на дискотеке, он с ней порвал. Сестра пока никому не сказала — не хочет сплетен. Знают только трое: я, она и он. Мне строго-настрого приказано держать язык за зубами. Не говорить никому из знакомых. Ни под каким видом.

Я сказал сестре, что скрывать можно будет только до поры до времени, но она ответила, что решит этот вопрос. Поскольку ей уже исполнилось восемнадцать, согласия родителей не требуется. Ей только нужно, чтобы в ближайшую субботу кто-нибудь отвез ее в клинику. И она попросила меня.

— А я как раз кстати на права сдал.

Хотел поднять ей настроение. Но она даже не улыбнулась.

Счастливо.
Чарли

23 февраля 1992 г.

Дорогой друг!

Сидел в приемной. Час или около того. Точно не помню. Билл недавно принес мне новую книгу, но сосредоточиться я не смог. Думаю, оно и понятно.

Решил почитать какие-то журналы, но опять же не смог. Даже не потому, что там упоминалось, какую еду люди поглощали во время интервью. А из-за обложек. На всех были улыбающиеся дамочки, причем с большим декольте. Непонятно, это они для красоты или того требует профессия. Непонятно, есть ли у них выбор, или по-другому просто не добиться успеха. Эти мысли сами лезли в голову.

Я почти явственно видел: вот сделали фото — и актриса или модель идет со своим другом на «легкий обед». Вот друг расспрашивает, хорошо ли прошел у нее день, а она отвечает, что так себе; но если у нее это первое фото для журнальной обложки, она в полном экстазе, потому как начинает восхождение к славе. Вот журнал выставлен во всех киосках, и на него смотрит множество анонимных глаз, и кое-кто считает, что сделан очень важный шаг. Потом какая-нибудь девушка вроде Мэри-Элизабет начинает страшно злиться на эту актрису или модель и на всех прочих, которые снимаются в платьях с большим вырезом, а какой-нибудь фотограф вроде Крейга смотрит исключительно на качество съемки. Дальше — найдутся мужчины, которые купят этот журнал, чтобы перед ним мастурбировать. И я задался вопросом: а что думают на сей счет эта актриса и ее друг, если, конечно, им не все равно? И тут я сказал себе, что с этими размышлениями пора завязывать, потому что моей сестре от них пользы нет.

И я мысленно переключился на сестру.

Вспомнил, как они с подружками накрасили мне ногти и вышли сухими из воды, потому что моего брата там не было. И как она давала мне своих кукол, чтобы я разыгрывал пьески, и разрешала смотреть по ТВ любые передачи. И как она стала превращаться в «юную леди» и запрещала нам себя разглядывать, потому что считала себя толстухой. А на самом деле никакой толстухой не была. На самом деле она была очень симпатичная. И как у нее изменилось лицо, когда она поняла, что мальчики считают ее симпатичной. И как у нее изменилось лицо, когда ей впервые понравился не супермен с плаката на стене, а обычный парень. И какое у нее стало лицо, когда она поняла, что в него влюбилась. А потом я стал гадать, какое у нее будет лицо, когда она сейчас появится из дверей.

Между прочим, это сестра мне рассказала, откуда берутся дети. И она же надо мной посмеялась, когда я вслед за тем спросил, куда они потом деваются.

От этих мыслей у меня потекли слезы. Но показать этого я не мог, потому что меня, чего доброго, не пустили бы за руль, а то еще и родителям позвонить могли. А это был бы просто финиш, потому что сестра на меня положилась, и это был первый раз в жизни, когда хоть кто-то на меня положился в каком-нибудь деле. Когда до меня дошло, что я заплакал впервые с того дня, когда пообещал тете Хелен больше не плакать, разве что по очень серьезному поводу, мне пришлось выйти на улицу, потому что скрывать слезы уже не было никакой возможности.

Наверно, я долго просидел в машине, потому что сестра нашла меня именно там. Я курил одну за другой и никак не мог успокоиться. Сестра постучала в окно, и я опустил стекло. Она поглядела на меня с каким-то любопытством. Потом любопытство сменилось злостью.

— Чарли, ты что, куришь?

Она была вне себя. Не могу передать, как она взбесилась.

— Глазам своим не верю: ты куришь!

Слезы у меня тут же высохли. И я захохотал. Потому что она, выйдя из тех дверей, не нашла ничего лучше, как устроить мне выволочку за курение. Тут она и вовсе пошла вразнос. А я-то знаю, какое у нее лицо, когда она просто злится и не более того. Значит, скоро придет в себя.

— Я про тебя маме с папой скажу, понятно?

— Врешь, не скажешь.

Давно я так не смеялся.

Когда моя сестра чуток пораскинула мозгами, до нее, наверно, дошло, откуда у меня такая уверенность. Она как будто вдруг вспомнила, где мы находимся, что с ней тут сделали и какой бредовой на этом фоне выглядит ее угроза. Тут она и сама засмеялась.

Но ей от этого стало плохо, и мне пришлось выйти из машины, чтобы уложить ее на заднее сиденье. Я заранее приготовил для нее одеяло и подушку, потому как мы с ней решили, что перед возвращением домой ей нужно будет немного поспать. Уже засыпая, она сказала:

— Ладно, если будешь курить, хотя бы окно приоткрой.

От этого меня снова разобрал хохот.

— Чарли курит. Обалдеть.

Тут я вообще покатился со смеху и сказал:

— Я тебя люблю.

И моя сестра ответила:

— Я тебя тоже. Кончай ржать.

Мало-помалу мой хохот пошел на убыль, а потом и вовсе утих. Я оглянулся и вижу: сестра спит. Завел я движок и включил обогреватель, чтобы ей было потеплее. И только тогда взялся читать книгу, которую принес мне Билл. Называется «Уолден, или Жизнь в лесу», автор — Генри Дэвид Торо. Любимая книга девушки моего брата — мне не терпелось прочесть.

Когда стемнело, я заложил книгу антиникотиновой брошюркой и двинулся в обратный путь. Тормознул, не доезжая пары кварталов, разбудил сестру, спрятал одеяло и подушку в багажник. Свернули мы на подъездную дорожку. Выбрались из машины. Вошли в дом. И услышали с верхней площадки родительские голоса:

— Где вас целый день носило?

— В самом деле. Ужинать пора.

Сестра посмотрела на меня. Я на нее. Она пожала плечами. Короче, стал я что-то лихорадочно плести: мол, в кино ходили... потом сестра учила меня ездить по трассе... потом в «Макдональдс» зашли...

— В «Макдональдс»? Когда это?!

— Мама старалась, ребрышки готовила, разве вы не знали?

Папа читал газету. Пока я нес эту околесицу, сестра подошла к нему и чмокнула в щеку. Он даже не оторвался от газеты.

— Знали, знали, мы сначала в «Макдональдс», а потом в кино, так что времени прошло достаточно.

И тут папа спрашивает как бы невзначай:

— А какой фильм смотрели?

Я застыл как вкопанный, но сестра быстро нашлась, бросила какое-то название и чмокнула маму. Я про такой фильм вообще не слышал.

— Ну и как?

Я опять застыл. А сестра и бровью не повела.

— Ничего. Ребрышки очень аппетитно пахнут.

— Ага, — поддакнул я. И наконец-то придумал, как сменить тему: — Слушай, пап, а сегодня хоккей есть по телику?

— Есть, только если хочешь смотреть вместе со мной, не приставай с дурацкими вопросами.

— Хорошо, но сейчас-то нормально спросить, пока не началось?

— Ну, не знаю, способен ли ты нормально спросить.

— То есть сейчас еще можно спросить? — поправился я.

Он только фыркнул:

— Валяй.

— Напомни, пожалуйста: как сами хоккеисты называют шайбу?

— «Гайка». Они говорят «гайка».

— Отлично. Спасибо.

С этого момента, даже за ужином, родители больше ни о чем не расспрашивали; правда, мама повторяла, как она рада, что мы с сестрой стали больше времени проводить вместе.

Ночью, когда родители заснули, я сходил к машине, чтобы забрать из багажника одеяло и подушку. Принес их в комнату к сестре. Она была совершенно без сил. И разговаривала очень тихо. Сказала, спасибо за все. Добавила, что я не подкачал. И попросила меня хранить тайну, поскольку решила сказать своему прежнему возлюбленному, что это была ложная тревога. Наверно, он у нее вышел из доверия и больше не заслуживал правды.

Только я погасил свет и взялся за дверную ручку, как услышал слабый шепот сестры:

— Я требую, чтобы ты бросил курить, слышишь?

— Слышу.

— Потому что я в самом деле тебя люблю, Чарли.

— И я.

— Я серьезно.

— И я.

— Ну, ладно тогда. Спокойной ночи.

— Спокойной ночи.

Тут я окончательно закрыл за собой дверь и оставил сестру отсыпаться.

Читать мне в ту ночь не хотелось, спустился я в гостиную и полчаса смотрел рекламу какого-то тренажера. На экране то и дело загорался номер 1-800, я взял да и позвонил. Женщина, снявшая трубку, назвалась Мишель. И я признался этой Мишель, что я еще школьник и не интересуюсь тренажером, но надеюсь, что она с приятностью проводит время.

Мишель тут же бросила трубку. А я нисколько не обиделся.

Счастливо.
Чарли

7 марта 1992 г.

Дорогой друг!

Девушки, не в обиду им будь сказано, — странные существа. Просто не могу подобрать другого слова.

Сходил я на второе свидание с Мэри-Элизабет. Во многих отношениях оно было похоже на первое, только в этот раз не пришлось наряжаться, как на танцы. Инициатива опять исходила от нее, и это, наверно, хорошо, но, думаю, мне и самому надо бы изредка кого-нибудь приглашать: нельзя же надеяться, что за меня всегда будет решать кто-то другой. А коль скоро приглашение будет исходить от меня, то, по крайней мере, девушку выберу я сам, если, конечно, она согласится. Тут все непросто.

Но есть и хорошие новости: мне разрешили самостоятельную поездку. Я спросил у папы, можно ли будет взять машину. Дело было за обедом.

— Смотря зачем. — Отец ревниво относится к своей тачке.

— У Чарли появилась подружка, — встряла моя сестра.

— Никакая она мне не подружка, — возразил я.

— Что за девочка? — спросил папа.

164

— Что за шум? — спросила из кухни мама.

— Чарли хочет взять машину, — объяснил папа.

— С какой целью?

— Именно это я и пытаюсь выяснить. — У папы в голосе зазвенел металл.

— Зачем же так раздражаться, — сказала мама.

— Прости, — сказал папа, исключительно для порядка. И опять повернулся ко мне: — Ну-ка, расскажи, что это за девочка.

Короче, рассказал я ему, что мог, о Мэри-Элизабет, опустив, естественно, такие детали, как татушка и пупочный пирсинг. Он с хитрецой заулыбался, пытаясь угадать, согрешил я уже или нет. И сказал, что да, машину взять можно. Мама принесла кофе, и папа пересказал ей все детали, пока я расправлялся с десертом.

Вечером, когда я уже дочитывал книгу, ко мне заявился отец и присел на краешек кровати. Закурил и стал проводить со мной беседу о сексе. Пару лет назад я уже слышал эту нотацию, но тогда в ней было больше физиологии. А теперь он напирал на такие темы:

— Понятно, я для тебя старик, но все же...

— ...в наше время приходится быть крайне осмотрительным... — и:

— ...обязательная контрацепция... — а также:

— ...если она скажет «нет», отнесись к этому всерьез...

— ...если вы, господин хороший, вздумаете ее принуждать, у вас будут крупные неприятности...

165

— ...даже если она говорит «нет» в смысле «да», то, честно тебе скажу, она тобой играет — не трать на нее время и деньги.

— ...если захочешь посоветоваться, обращайся ко мне в любое время, но если тебе почему-либо это претит, поговори с братом, — и наконец:

— Я рад, что мы с тобой побеседовали.

Затем папа взъерошил мне волосы, улыбнулся и вышел. Должен тебе сказать, что мой отец не похож на тех, что показывают в сериалах. Такие темы, как секс, его не смущают. И высказывается он всегда по делу.

Думаю, в этот раз он был очень доволен, потому что я в детстве постоянно целовался с одним мальчиком из нашего района, и, хотя психиатр сказал, что маленьким детям свойственны подобные эксперименты, мой отец, кажется, струхнул. Наверно, это естественно, только не знаю точно почему.

Короче, поехали мы с Мэри-Элизабет в центр, чтобы сходить в кино. Фильм был из тех, что называются «арт-хаус». По словам Мэри-Элизабет, он получил какую-то награду на престижном европейском кинофестивале и это ее подкупило. Перед началом сеанса она заметила, что публика, к сожалению, тянется к тупой голливудской кинопродукции, а на этот показ пришли буквально единицы. Потом стала распространяться насчет того, как мечтает поскорее вырваться из этой обстановки и уехать в колледж, где люди ценят настоящее искусство.

Начался фильм. Как оказалось, на каком-то иностранном языке, с субтитрами. А что, забавно, я как-то привык фильмы смотреть, а не читать. Фильм был очень своеобразный, но не сказать, что очень хороший, потому что после его окончания у меня в душе ничего не шевельнулось.

Но у Мэри-Элизабет было другое мнение. Она твердила, что фильм очень «красноречив». Уж до того «красноречив». Допустим. Только я не понял, о чем там говорилось, хотя, наверно, говорилось очень красиво.

Из кинотеатра мы поехали в магазин музыкального андеграунда, где Мэри-Элизабет провела для меня целую экскурсию. Этот музыкальный магазин она обожает. Говорит, что только здесь чувствует себя органично. Она рассказала, что раньше, когда кафетерии еще не набрали популярность, таким ребятам, как она, вообще негде было потусоваться, разве что в «Биг-бое», но там до недавнего времени был полный отстой.

Привела она меня в отдел видеокассет и рассказала о культовых французских режиссерах и так далее. Потом мы спустились в отдел импортной продукции, и она просветила меня насчет «реальной» альтернативной музыки. Дальше был отдел фолка, где я узнал про женские команды типа *Slits*.

Мэри-Элизабет повинилась, что не приготовила для меня подарка на Рождество, и сказала, что хочет, мол, оправдаться. Купила для меня пластинку Билли Холидей и предложила поехать к ней домой, чтобы сразу послушать.

Короче, сидел я у нее в гостиной цокольного этажа, а она была наверху — искала нам что-нибудь выпить. Я огляделся: кругом идеальная чистота, но запах какой-то нежилой. На каминной полке — призы за победы в соревнованиях по гольфу. Телевизор, приличная стереосистема. Потом в гостиную спустилась Мэри-Элизабет, принесла два стакана и бутылку бренди. Сказала, что ненавидит все, что любят ее предки, за исключением бренди.

Попросила меня налить нам выпить, а сама взялась разжигать камин. Она была в каком-то возбужденном состоянии, что для нее совершенно нехарактерно. Говорила о любви к открытому огню, о своих планах выйти замуж и поселиться в Вермонте, и это тоже меня удивило, поскольку Мэри-Элизабет никогда на такие темы не распространяется. Разожгла она камин, поставила пластинку и, пританцовывая, направилась ко мне. Сказала, что она вся горит, но не потому, что у нее жар.

Заиграла музыка, мы чокнулись, сказали «чин-чин» и пригубили бренди. Бренди — отличный напиток, но он, скорее, был к месту на вечеринке «Тайного Санты». С первой порцией мы расправились очень быстро.

У меня сильно участилось сердцебиение, и я задергался. Она протянула мне второй стакан и при этом легонько коснулась моей руки. Потом перекинула ногу мне через колено, и я стал смотреть, как болтается ее ступня. Потом у себя на затылке я почувствовал ее руку. Которая плавно двигалась. И сердце у меня чуть не выскочило из груди.

— Тебе нравится пластинка? — еле слышно прошептала она.

— Очень.

Я ничуть не покривил душой. Музон был классный.

— Чарли?

— Ммм?

— Я тебе нравлюсь?

— Ммм.

— Ты понимаешь, о чем я?

— Ммм.

— Волнуешься?

— Ммм.

— Не волнуйся.

— Хорошо.

Тут я почувствовал ее вторую руку. Та легла мне на колено и поползла по бедру к животу. Потом Мэри-Элизабет убрала ногу и уселась мне на колени, лицом к лицу. Уставилась на меня в упор. Не мигая. Лицо у нее разрумянилось и стало каким-то незнакомым. Она наклонилась вперед и начала целовать мне шею и уши. Потом щеки. Наконец поцеловала в губы, и все вокруг растаяло. Мэри-Элизабет взяла мою руку и засунула себе под свитер. Я не мог поверить, что это происходит со мной. Не мог поверить, что узнал, каковы на ощупь ее груди. А чуть позже — и на вид. С лифчиком пришлось повозиться.

Когда мы освоили абсолютно все, что выше пояса, я лег на пол, а Мэри-Элизабет опустила голову мне на грудь. Мы оба глубоко дышали, слушая музыку и потрескивание огня. Когда смолкла последняя песня, я ощутил дыхание Мэри-Элизабет у себя на груди.

— Чарли?

— Ммм?

— Как по-твоему, я красивая?

169

— Ты очень красивая.

— Честно?

— Честно.

Тут Мэри-Элизабет прижалась ко мне еще сильнее и потом примерно на полчаса умолкла. А я лежал и думал, как изменился у нее голос, когда она спрашивала, считаю ли я ее красивой, и как изменилась она сама, услышав мой ответ, и как Сэм предупреждала, что здесь такие комплименты не проходят, и до какой степени у меня затекла рука.

Слава богу, мы услышали, как щелкнул автоматический замок гаража.

Счастливо.
Чарли

28 марта 1992 г.

Дорогой друг!

Наконец-то на улице хоть немного потеплело, а люди в коридорах сделались приветливей. Необязательно со мной, а вообще. Я написал и сдал на проверку сочинение по «Уолдену», но теперь подошел к этому заданию по-другому. Получился не просто рассказ о книге. Получился рассказ о моей воображаемой жизни на озере в течение двух лет. Как будто я жил дарами земли и постигал суть вещей. Если честно, я бы не отказался.

После того вечера, который я провел с Мэри-Элизабет, многое изменилось. Все началось в понедельник, когда Сэм с Патриком, увидев меня в школе, заулыбались до ушей. Мэри-Элизабет им расписала, что между нами было, хотя никто ее об этом не просил, но Сэм и Патрик решили, что это просто клево, и только порадовались за нас обоих. Сэм твердила:

— Как же я раньше не додумалась? Вы с ней — отличная пара.

По-моему, Мэри-Элизабет тоже так считает, потому что ведет она себя совершенно по-другому. Все время такая милая, но что-то здесь не то. Не знаю, как это выразить. Допустим, после школы мы с ней и Сэм с Патриком идем покурить, болтаем о том о сем и расходимся по домам. Мэри-Элизабет тут же мне звонит: «Что новенького?» А я не знаю, что ответить: ну, добрался до дому, тоже мне новость. Тем не менее рассказываю, как шел домой. А потом она сама начинает что-то говорить — и это уже финиш. Так продолжается всю неделю. И еще взяла привычку смахивать пылинки с моей одежды.

А пару дней назад пустилась в телефонные рассуждения о книгах, и оказалось, что я многое из этого читал. Когда я ей об этом сообщил, она стала засыпать меня длиннющими вопросами, которые на самом деле сводились к ее собственным взглядам, только с вопросительным знаком на конце. Мне оставалось лишь говорить «да» или «нет». Больше ни слова вставить не удалось. Потом она стала рассказывать, что собирается поступать в колледж, но это мы уже проходили, так что я аккуратно положил трубку рядом с телефоном, сбегал в туалет и вернулся, а она по-прежнему тарахтела. Понятное дело, с моей стороны это было невежливо, но без такой передышки я бы за себя не поручился. Чего доброго, сорвался бы на крик или вообще трубку бросил.

Кроме того, она постоянно интересуется насчет подаренной мне пластинки Билли Холидей. И говорит, что хочет приобщить меня ко всем шедеврам. Если честно, у меня нет ни малейшего желания приобщаться к шедеврам, если для этого придется выслушивать, как Мэри-Элизабет постоянно трендит о моем приобщении к этим шедеврам. Получается, что в этих разговорах три темы: Мэри-Элизабет, я и шедевры, но первая тема интересна только самой Мэри-Элизабет. Хоть убей, не могу понять. Если бы я подарил человеку пластинку, то лишь для того, чтобы он слушал и наслаждался, а не для того, чтобы постоянно тыкать его носом: это тебе не кто-нибудь подарил, а я.

Да, теперь насчет ужина. После каникул мама спросила, не передумал ли я приглашать на ужин Сэм и Патрика, — она сама это предложила, когда я ей рассказал, что они отметили, с каким вкусом я одет. Моей радости не было границ! Передал я этот разговор Патрику и Сэм, договорились на воскресенье, а через некоторое время подваливает ко мне на переменке Мэри-Элизабет и спрашивает:

— А в воскресенье к которому часу приходить?

У меня язык отсох. Ужин ведь планировался только для Сэм и Патрика. С самого начала. А Мэри-Элизабет никто не звал. Ну, я, конечно, догадываюсь, почему она сочла, что ее обязаны пригласить, и даже не стала дожидаться. Даже не намекнула. Ничего такого.

Короче, за ужином, когда я хотел, чтобы мама с папой убедились, какие великолепные ребята Сэм и Патрик, Мэри-Элизабет трендела без умолку. Но я не могу ее винить. Мои родители задавали ей больше вопросов, чем Патрику и Сэм. Как-никак я с ней встречаюсь, и маме с папой было любопытно вызнать о ней как можно больше, а мои друзья отодвинулись на второй план. Думаю, это понятно. Но все равно. Можно было подумать, родителям даже не представили Патрика и Сэм. А ужин затевался именно ради них. После ужина, когда гости ушли, мама только сказала, что Мэри-Элизабет умненькая девочка, а папа добавил, что «подружка» у меня симпатичная. О Сэм и Патрике не сказали ни слова. А я ждал от этого вечера только одного: чтобы родители познакомились с моими друзьями. Это было для меня очень важно.

В плане интима тоже все как-то странно. Получается, что после того первого раза мы действуем по одной и той же схеме, только без камина и без Билли Холидей, потому что все происходит в машине и довольно торопливо. Может, так и полагается, но как-то это неправильно.

Моя сестра сообщила своему бывшему, что беременность оказалась ложной тревогой, а сама принялась читать книги по женской психологии; ее бывший пожелал начать все сначала, но она сказала «нет».

Короче, посоветовался я с сестрой насчет Мэри-Элизабет (обойдя тему секса), потому что ожидал от нее непредвзятого мнения, тем более что ужином она тогда «проманкировала». Сестра сказала, что Мэри-Элизабет страдает заниженной самооценкой, но я напомнил, что она точно так же высказалась насчет Сэм, когда та в ноябре стала встречаться с Крейгом, но Сэм и Мэри-Элизабет — это небо и земля. Куда ни кинь, всюду низкая самооценка, так, что ли?

Сестра попыталась прояснить этот вопрос. Сказала, что Мэри-Элизабет, приобщая меня к шедеврам, стремится занять «главенствующее положение», которое требуется ей для обретения уверенности в себе. Еще она добавила, что люди, которые хотят непременно доминировать в любой ситуации, просто боятся, что иначе не смогут достичь своей цели.

Не знаю, так ли это, но я, конечно, приуныл. Не из-за Мэри-Элизабет. И даже не из-за себя. А вообще. Мне пришло в голову, что я совершенно не знаю, кто такая Мэри-Элизабет. Не хочу сказать, что она меня обманывает, но просто она слишком сильно изменилась по сравнению с тем, какой была в начале нашего знакомства, а если в начале нашего знакомства она не была сама собой, то могла бы теперь об этом сказать открытым текстом. А может, она какой была, такой и осталась, просто я чего-то не понял. Ну не хочу я, чтобы Мэри-Элизабет надо мной доминировала.

Я спросил сестру, как мне быть, и она сказала, что лучше всего честно признаться в своих чувствах. Кстати, мой психиатр советует то же самое. А под конец я и вовсе затосковал: мне пришло в голову, что Мэри-Элизабет тоже поначалу видела меня совсем другим. А я, когда помалкиваю о том, насколько тягомотно ее слушать, не имея возможности вставить слово, все равно что иду на обман. Но я по совету Сэм все время старался проявлять мягкость. Не знаю, где я допустил ошибку.

Хотел посоветоваться с братом, набрал его номер, но сосед по комнате сказал, что мой брат с головой ушел в учебу, и я решил ничего ему не передавать, чтобы не отвлекать от занятий. Единственное, что я себе позволил, — это отправить ему сочинение по «Уолдену», чтобы он упомянул его своей девушке. Пусть прочтут когданибудь потом, на досуге, а после мы все вместе его обсудим, и я, если получится, спрошу их обоих, как мне быть с Мэри-Элизабет, поскольку у них, судя по всему, есть немалый опыт и понимание того, как строятся отношения. Но даже если нам не предоставится возможности поговорить по душам, я все равно буду рад знакомству с его девушкой. Хотя бы телефонному. Как-то раз она мелькнула на видеозаписи одного из футбольных матчей моего брата, но это совсем не то. Притом что она очень красивая. Но без изюминки. Не знаю, зачем я все это рассказываю. Пусть бы Мэри-Элизабет хоть раз задала мне человеческий вопрос, вместо того чтобы говорить «Что новенького?».

Счастливо.

Чарли

18 апреля 1992 г.

Дорогой друг!

Я тут натворил таких дел. Серьезно. До чего мне сейчас паршиво. Патрик советует до поры до времени залечь на дно.

Началось все в понедельник. Мэри-Элизабет притащила в школу сборник стихов знаменитого поэта э. э. каммингса. А предыстория была такова: она посмотрела фильм, где речь шла о том стихотворении, в котором женские руки сравниваются с цветами и дождем. На нее это произвело такое впечатление, что она побежала и купила книгу. Прочла запоем, и не один раз, а потом решила, что и мне следует иметь этот сборник. Только не зачитанный, а новый.

Целый день она требовала, чтобы я всем показывал эту книгу.

Понятное дело, нужно быть благодарным, когда о тебе проявляют заботу. Но никакой благодарности я не чувствовал. Абсолютно никакой. Не пойми превратно. Я изображал благодарность. Делал вид. Если честно, терпение у меня было на пределе. Отдай она мне свою зачитанную книжку, я бы, возможно, реагировал иначе. Или пусть бы переписала для меня от руки свое любимое стихотворение, вот и все. Или хотя бы пусть не заставляла меня тыкать в нос

этой книжкой каждому встречному и попереч-
ному.

Возможно, я бы тогда проявил честность, хотя момент был не совсем подходящий.

После уроков я не пошел домой — меня во-
ротило от одной мысли о ее предстоящем звон-
ке, а на мою маму в плане прикрытия надежды
мало. Короче, пошел я в тот район, где сосредо-
точена книжная и видеоторговля. Направился
прямиком в книжный магазин. А когда продав-
щица предложила мне помощь, я открыл школьную сумку и вернул книгу, полученную в подарок от Мэри-Элизабет. Деньги я не потратил.
Просто сунул в карман.

На обратном пути не мог думать ни о чем,
кроме собственной подлости, и у меня хлынули
слезы. Отпирая входную дверь, я так хлюпал носом, что сестра даже оторвалась от телевизора.
Когда я ей рассказал о своем поступке, она тут
же отвезла меня обратно в книжный магазин,
поскольку сам я в таком раздрызге вести машину не мог. Выкупил я тот сборник, и мне слегка
полегчало.

Когда Мэри-Элизабет вечером дозвонилась
до меня и стала допытываться, где я весь день
пропадал, я ответил, что ездил с сестрой в магазин. Тогда она спросила, купил ли я ей какой-
нибудь милый подарочек, и я сказал, что да, купил. Мне и в голову не пришло, что она интересуется всерьез, но почему-то ответил я именно
так, а не иначе. Еще не полностью отошел от по-
зорного расставания с ее книгой. Потом битый
час выслушивал ее излияния насчет этого сборника поэзии. Наконец мы пожелали друг дру-

гу спокойной ночи. Спустился я в гостиную и попросил сестру еще разок отвезти меня в магазин, чтобы я купил какой-нибудь милый подарочек для Мэри-Элизабет. Сестра сказала: поезжай сам. И прояви наконец честность в отношениях с Мэри-Элизабет. Может, так и надо было поступить, но мне показалось, что момент неподходящий.

На следующее утро я вручил Мэри-Элизабет подарок, за которым специально ездил в книжный магазин. Это было новое издание «Убить пересмешника». Первое, что изрекла Мэри-Элизабет:

— Весьма оригинально.

Я поспешил себя убедить, что это сказано без задней мысли. Она не издевалась. Не сравнивала. Не осуждала. И это правда. Поверь. Короче, я ей объяснил, что Билл дает мне книги для внеклассного чтения и эта была самой первой. И стала для меня особенной. Тогда Мэри-Элизабет сказала:

— Спасибо. Как трогательно.

И тут же выдала, что прочитала этот роман года три назад и нашла его «перехваленным» и что снятый по нему черно-белый фильм с участием прославленных актеров Грегори Пека и Роберта Дюваля получил «Оскара» за лучший сценарий. После этого я свои чувства засунул сам знаешь куда.

Сдернул с уроков и до часу ночи болтался по городу. Папа, выслушав мои объяснения, велел мне быть мужчиной.

На другой день в школе Мэри-Элизабет стала допытываться, где я пропадал, и я ей ответил, что купил пачку сигарет и пошел в «Биг-бой», где до позднего вечера читал э. э. каммингса и подкреплялся клубными сэндвичами. Я решил, что это совершенно беспробойное объяснение, потому что ей не придет в голову задавать мне вопросы по поводу стихов. И оказался прав. После ее выпендрежа ни за что не стану читать этот сборник. При всем желании.

Теперь я убежден, что в тот самый момент и нужно было проявить честность, но, по правде говоря, на меня стало накатывать такое же бешенство, как в детской спортивной секции, и я струхнул.

К счастью, в пятницу начинаются пасхальные каникулы, и эта мысль меня немного отвлекла. На каникулы Билл принес мне «Гамлета». Сказал, что для подлинного осмысления этой пьесы требуется свободное время. Думаю, автора называть излишне. Билл дал мне только один совет: поразмышлять над главным героем в свете других прочитанных мною книг и их персонажей. Он сказал: не поддавайся впечатлению, будто эта пьеса — «заумь».

Короче, вчера, в Страстную пятницу показ «Шоу ужасов Рокки Хоррора» получился необычным. А все потому, что уже начались пасхальные каникулы и многие пришли в нарядных платьях и костюмах, прямо из церкви. Это напомнило мне Пепельную среду, первый день Великого поста, когда ребята приходят в школу с отпечатком пальца на лбу. Это всегда создает волнующую атмосферу.

Потом Крейг пригласил всю команду к себе на квартиру — выпить вина и послушать «Белый альбом». Когда пластинка закончилась, Патрик предложил поиграть в «Правду или расплату» — под кайфом он обожает эту игру.

Вот угадай, кто весь вечер выбирал расплату, а не правду? Я. Чтобы только не говорить Мэри-Элизабет правду, пусть даже в игре.

Сначала все шло гладко. «Расплаты» были такого типа: «выпить залпом банку пива». Но когда очередь дошла до Патрика, он назначил мне — уж не знаю, случайно или нарочно — такую расплату:

— Поцеловать в губы самую красивую девушку в этой комнате.

Тут я и решил проявить честность. Задним числом понимаю, что более неподходящий момент выбрать было трудно.

Когда я поднялся со своего места (а Мэри-Элизабет сидела рядом со мной), все умолкли. А когда я опустился на колени перед Сэм и поцеловал ее в губы, тишина стала невыносимой. Романтического поцелуя не вышло. Получилось чисто по-дружески, как в тот раз, когда я играл Рокки, а она — Дженет. Но это роли не играло.

Я мог бы сказать, что меня повело от вина или выпитого залпом пива. Я мог бы сказать, что забыл, как заверял Мэри-Элизабет, что она красивая. Но это был бы обман. А правда заключается в том, что я, услышав придуманную Патриком расплату, понял, что поцеловать Мэри-Элизабет — значит обмануть всех. В том числе и Мэри-Элизабет. Но меня на это уже не хватило. Даже в игре.

Патрик нарушил паузу и попытался, как мог, спасти положение. Вначале он сказал:

— Неувязочка вышла.

Это не сработало. Мэри-Элизабет вылетела из комнаты в ванную. Патрик мне потом объяснил, что она не хотела показывать свои слезы. Сэм побежала за ней, но перед этим повернулась ко мне и мрачно бросила:

— Совсем охренел, что ли?

А какое у нее при этом было лицо! Она не шутила. В один миг тайное стало явным. До чего же мне было паршиво. По-настоящему паршиво. Патрик вскочил и вывел меня из квартиры Крейга. Мы оказались на улице, и меня сковало холодом. Я сказал, что хочу вернуться и попросить прощения. Патрик говорит:

— Ни в коем случае. Я сам сбегаю за нашими куртками. А ты подожди здесь.

Патрик оставил меня на улице одного, и я совсем раскис. Запаниковал и ничего не мог с собой поделать. Когда Патрик вернулся, я сквозь слезы выдавил:

— Нужно мне пойти извиниться.

Патрик помотал головой:

— Тебе лучше туда не возвращаться, поверь.

Покрутил он у меня перед носом ключами от машины и сказал:

— Вперед. Отвезу тебя домой.

В машине я рассказал Патрику все, что было до того. Про пластинку. И про сборник стихов. И про «Пересмешника». И как Мэри-Элизабет никогда не задает вопросов. А Патрик сказал только одно:

— Очень жаль, что ты не гей.

От такого у меня даже слезы ненадолго высохли.

— А с другой стороны, если б ты был геем, я бы с тобой не водился. От тебя сплошная холера.

182

Тут я даже посмеялся.

— Господи! А я-то считал, что только у Брэда в голове такой капец!

Я совсем развеселился. Потом он врубил радио, и мы помчались через туннели к дому. На прощанье Патрик посоветовал мне до поры до времени залечь на дно. Извини, если повторяюсь. Он обещал позвонить, когда разведает обстановку.

— Спасибо, Патрик.

— Не за что.

А напоследок я сказал:

— Знаешь что, Патрик? Будь я геем, я бы только с тобой и водился.

Сам не знаю, что на меня нашло, но получилось к месту. Патрик ухмыльнулся и говорит:

— Кто бы сомневался!

И укатил.

В тот вечер я завалился в кровать, но предварительно поставил пластинку Билли Холидей и взялся за сборник э. э. каммингса. Дошел до того стихотворения, где женские руки уподобляются цветам и дождю, отложил книгу и подошел к окну. Стоял и смотрел на свое отражение и сквозь него — на деревья. Ни о чем не думал. Ничего не чувствовал. Музыку не слышал. Так прошел не один час.

Со мной реально что-то не так. А что — сам не знаю.

Счастливо.
Чарли

26 апреля 1992 г.

Дорогой друг!

После той истории никто мне так и не позвонил. Но я никого не виню. Каникулы провел за чтением «Гамлета». Билл оказался прав. Гораздо легче воспринимать этого принца в свете других героев, которые мне уже знакомы. Кстати, эта пьеса мне помогает, когда я пытаюсь уяснить, что же со мной не так. Пусть она не дает конкретных ответов, но зато показывает, что другие тоже через это прошли. Даже те, кто жил давным-давно.

Позвонил я Мэри-Элизабет, сообщил, что каждый вечер слушаю пластинку и читаю стихи э. э. каммингса.

Она только и сказала:

— Поздно, Чарли.

Я мог бы ей втолковать, что делаю это чисто по-дружески, а на свидания больше ходить не намерен, но понимал, что от этого будет еще хуже, и ограничился одним-единственным словом:

— Прости.

Я реально хотел, чтобы она меня простила. И знаю, что она поверила. Но это уже ничего не могло изменить, и в трубке повисло тягостное молчание.

Да, кстати, звонил Патрик, но рассказал лишь о том, что из-за меня Крейг страшно зол на Сэм и мне лучше не высовывать носа, пока пыль не уляжется. Я предложил ему куда-нибудь сходить вдвоем. Он ответил, что на ближайшие дни договорился с Брэдом и с родственниками, но если сумеет выкроить время, то звякнет. Пока больше не звонил.

Можно было бы описать, как у нас прошла Пасха, но я уже тебе рассказывал про День благодарения и Рождество; разницы на самом деле никакой.

Правда, отец получил прибавку, а мама — нет, поскольку за ведение домашнего хозяйства денег не платят. А сестра бросила читать книжки про самооценку, так как познакомилась с новым парнем.

Да, еще брат приезжал домой, но когда я спросил, передал ли он своей девушке мои рассуждения на тему «Уолдена», он ответил, что не имел такой возможности, поскольку она с ним порвала, узнав, что он от нее погуливает. Разбежались они уже давно. Тогда я спросил: может, он хотя бы сам прочел, но он сказал, что ему было не до этого. Пообещал, что прочтет на каникулах или хотя бы постарается. А пока нет, руки не дошли.

Короче, поехал я навестить тетю Хелен, и впервые в жизни это не помогло. Я даже попробовал прибегнуть к своему проверенному методу и вспомнить во всех подробностях самую удачную за последнее время неделю, но и это не помогло.

Понятное дело, во всем виноват я сам. Так мне и надо. Я бы все отдал, чтобы стать другим. Чтобы помириться с ребятами. И чтобы не таскаться к психиатру, который втирает мне про «пассивно-агрессивное расстройство личности». И не глотать прописанные им таблетки, тем более что моим родителям они не по карману. И не делиться с ним дурными воспоминаниями. Зачем ностальгировать о всяких неприятностях.

Молю Бога, чтобы родители, или Сэм, или моя сестра по-человечески объяснили, что со мной не так. Подсказали бы, как изменить себя осмысленным образом. Чтобы все плохое ушло. Понятное дело, так не бывает, человек должен сам за себя отвечать. От своего психиатра я знаю: для того, чтобы тебе стало лучше, вначале должно стать хуже, но это «хуже» слишком затянулось.

Промаявшись неделю без всякого общения, позвонил Бобу. Ясно, что это была ошибка, но ничего другого я не придумал. Спросил, нельзя ли у него кое-чем разжиться. Он ответил, что да, четвертушка дури, пожалуй, найдется. Взял я свои деньги, полученные на Пасху, и рванул к нему.

С того дня подкуриваю.

Счастливо.
Чарли

ЧАСТЬ ЧЕТВЕРТАЯ

29 апреля 1992 г.

Дорогой друг!

И рад бы сказать, что дела у меня пошли на лад, но, к сожалению, не могу. Скорее, наоборот, потому что каникулы закончились, а я не имею возможности посещать те места, к которым привык. К прошлому возврата нет. А обрубить концы я пока не готов.

Если честно, я от всего отстранился.

Брожу по школьным коридорам, смотрю на лица. Смотрю на учителей и размышляю, что их тут держит. Любят ли они свою работу? А нас? И насколько они были умны в пятнадцать лет? Я не злобствую. Просто интересуюсь. Точно так же смотрю на учеников и думаю, кому из них сегодня разбили сердце и как это скажется на трех контрольных и одном сочинении. Или вычисляю, кто страдает от несчастной любви. И пытаюсь угадать почему. Кстати, если бы человек учился в другой школе, там бы с ним все равно приключилось то же самое: не один разобьет тебе сердце, так другой, почему же это воспринимается как дело сугубо личное? Я, например, учась в другой школе, не познакомился бы ни с Сэм и Патриком, ни с Мэри-Элизабет и общался бы только со своими родными.

Расскажу тебе один случай. Болтался я по торговому центру, куда в последнее время зачас-

189

СТИВЕН ЧБОСКИ

тил. Уже недели две бываю там ежедневно и пытаюсь установить, зачем люди туда ходят. Как бы дал себе такое индивидуальное задание.

Увидел маленького мальчика. Лет четырех, наверно. Точнее сказать не берусь. Он ревел во весь голос и звал маму. Не иначе как потерялся. Потом заметил я взрослого парня, на вид лет семнадцати. По-моему, не из нашей школы, я его раньше не встречал. Короче, этот парень, весь из себя крутой — кожаная куртка, длинные волосы и так далее, — подошел к мелкому и спросил, как его зовут. Мелкий ответил и успокоился.

Тогда парень увел его с собой.

А буквально через минуту по трансляции сделали объявление для матери, что ребенок ожидает ее возле стойки информации. Я направился прямиком туда, чтобы посмотреть, чем дело кончится.

Мать, видимо, сбилась с ног, потому что она примчалась как угорелая, увидела своего малыша и разрыдалась. Прижала его к себе и сказала, чтобы он никогда больше не убегал. Потом поблагодарила того взрослого парня, а он ей в ответ:

— За ребенком смотри, а не глазей, нафиг, по сторонам.

Развернулся — и ушел.

Усатый дядька за стойкой аж остолбенел. Мамаша — то же самое. А мальчонка вытер нос, посмотрел на мать и говорит:

— Картошки хочу.

Мать кивнула, и они куда-то пошли. Я за ними. Заходят они в ресторанный дворик, покупают в одном из киосков картофель фри. Ребенок такой довольный, кетчупом перемазался. А мамаша пыхаст сигаретой и в промежутках между затяжками вытирает ему физиономию.

Смотрел я на эту мать и пытался представить, какой она была в юности. Есть ли у нее муж. Был ли ребенок запланированным или случайным. И на что это влияет.

Понаблюдал я и за другими людьми. Старики сидят поодиночке. У девчонок глаза размалеваны синими тенями, челюсти выпячены. Дети какие-то усталые. Отцы в приличных пиджаках, еще более усталые. За прилавками работают подростки — у тех и вовсе такой вид, как будто им давно жить не хочется. Кассовые ящики то открываются, то закрываются. Люди отдают деньги, получают сдачу. Все это стало меня дико нервировать.

Решил я найти другое место, чтобы разобраться, зачем туда ходят люди. К сожалению, таких мест не много. Не знаю, сколько я еще протяну без дружбы. Раньше меня это ничуть не тяготило, но я просто не знал, что такое дружба. Бывают случаи, когда неведение — благо. Купила тебе мама картофель фри — вот и счастье.

Единственной, с кем я разговорился за последние две недели, была Сьюзен, та самая, что в средней школе «гуляла» с Майклом, когда еще носила брекеты. Она стояла в коридоре в окружении незнакомых мне парней. Те ржали и отпускали сальные шуточки, а Сьюзен старалась им подыгрывать. При виде меня она стала «пепельно-серой». Как будто не желала вспоминать, какой была ровно год назад, и, уж конечно, не хотела подавать вид, что со мной знакома и даже когда-то дружила. Вся компашка притихла и уставилась на меня, но я не обращал на них внимания. Только посмотрел на Сьюзен и спросил:

— Скучаешь без него?

Совершенно не рассчитывая ее поддеть или упрекнуть. Просто хотел убедиться, что кто-нибудь, кроме меня, вспоминает Майкла. Если честно, я укурился вусмерть, потому и зациклился на этом вопросе.

Сьюзен растерялась. Не знала, как поступить. С прошлого года мы с ней не перемолвились ни словом. Понятное дело, не стоило ее спрашивать в присутствии этой братии, но я ни разу не сталкивался с ней с глазу на глаз, а вопрос не давал мне покоя.

Сперва я подумал, что ее бессмысленное выражение лица вызвано удивлением, но оно не исчезало, и я понял, что ошибся. Мне вдруг пришло в голову, что Сьюзен не стала бы теперь «гулять» с Майклом, останься он в живых. Нельзя сказать, что она злая, или безголовая, или подлая. Просто все в этом мире меняется. Друзья уходят. Жизнь ни для кого не стоит на месте.

— Извини за беспокойство, Сьюзен. Просто у меня сейчас время тяжелое. Больше ничего. Веселись дальше.

Сказал — и прошел мимо.

— Господи, вот урод. — Это кто-то из парней бросил мне в спину. Не как оскорбление, а в качестве констатации факта.

Сьюзен его не одернула. Не знаю, вполне возможно, что теперь я бы и сам никого не одернул.

Счастливо.

Чарли

2 мая 1992 г.

Дорогой друг!

Пару дней назад зашел к Бобу прикупить еще травки. Надо сказать, я все время забываю, что Боб не учится в нами в школе. Наверно, потому, что он больше других смотрит телик и знает кучу любопытных фактов. Послушал бы ты, как он рассуждает насчет Мэри Тайлер Мур — просто оторопь берет.

Боб живет по особым правилам. Говорит, что моется под душем через день. Зато ежедневно взвешивает свою «заначку». По его словам, если ты пользуешься зажигалкой, то полагается сперва дать прикурить другому. А если спичками, то сперва раскуриваешь собственную сигарету, чтобы самому вдохнуть «вредную серу» и не травить другого человека. Вроде как этого требуют нормы приличия. Также он утверждает, что «одна спичка на троих — плохая примета». Узнал это от своего дяди, который воевал во Вьетнаме. Якобы по трем сигаретам враги безошибочно определяли твое местонахождение или как-то так.

Далее, если верить Бобу, когда ты куришь в одиночку и сигарета у тебя зажигается только наполовину, это верный признак, что кто-то тебя вспоминает. Еще он говорит: найдя монету,

убедись, что она лежит орлом кверху, тогда это
«к счастью». А если ты не один, то самое пра-
вильное — отдать эту находку «на счастье» другому. Боб верит в карму. Не прочь перекинуть-
ся в картишки.

Учится он в муниципальном двухгодичном
колледже, на вечернем. Хочет стать шеф-пова-
ром. В семье он единственный ребенок; родителей вечно нет дома. Он говорит, что раньше
очень из-за этого дергался, а теперь не так.

Говоря о Бобе, нужно отметить одну деталь:
при первом знакомстве это очень интересный
человек — он тебе расскажет и о правилах для
курильщиков, и о счастливых монетках, и о Мэри Тайлер Мур. Но по прошествии времени он
начинает повторяться. В последние две-три недели он только и делал, что повторялся. Поэтому
я прибалдел, когда услышал от него такую новость.

Если без подробностей: отец Брэда застукал
своего сына с Патриком.

По-видимому, он был не в курсе насчет Брэда, потому что задал своему сыну порку. Не то
чтобы открытой ладонью, нет. Отходил ремнем.
По-взрослому. Патрик рассказал об этом Сэм,
а она поведала Бобу, что Патрик до сих пор в
шоке. Представляю, какой это был ужас. Патрик хотел крикнуть «Не смейте!» или «Вы его
убьете!». Даже хотел броситься на этого изверга
и сбить его с ног. Но прирос к месту. А Брэд орал
Патрику благим матом: «Убирайся!» В конце
концов Патрик его послушался.

Случилось это на прошлой неделе. Брэд до
сих пор не ходит в школу. Ребята предполагают,

что его отправили в военное училище или типа того. Точных сведений ни у кого нет. Патрик пытался ему позвонить, но услышал голос его отца и бросил трубку.

Боб говорит, что Патрик «в полном раздрае». Не передать, до чего я расстроился. Хотел позвонить ему как другу, поддержать. Но меня останавливали его слова: надо потерпеть, пока пыль не уляжется. А я больше ни о чем не мог думать.

Короче, в пятницу отправился я на «Рокки Хоррора». Выждал, пока фильм не начался, и только тогда вошел в зал. Чтобы не отравлять удовольствие другим. Просто хотел посмотреть, как Патрик исполняет свою постоянную роль Франк-н-Фуртера: если как всегда, то можно не сомневаться — с ним все будет нормально. Это как моя сестра, которая поначалу разозлилась, что я курю.

Нашел я место в последнем ряду и стал смотреть на сцену. До появления Франк-н-Фуртера оставалась еще пара эпизодов. И тут я увидел Сэм, которая играла Дженет. До чего же я по ней соскучился. И устыдился за все свои выходки. Особенно при виде Мэри-Элизабет, которая играла Маджету. Смотреть на них было невыносимо. Зато Франк-н-Фуртер в исполнении Патрика был бесподобен. Лучше, чем когда-либо раньше, причем во многих отношениях. Ладно, хоть друзей повидал. Ушел я незадолго до конца.

В машине врубил песни, которые мы слушали все вместе, когда были бесконечны. Я представил, что и сейчас мои друзья со мной. И даже заговорил с ними вслух. Рассказал Патрику, до чего мне понравилось его выступление. Поинтересовался у Сэм, как там Крейг. Попросил прощения у Мэри-Элизабет и сообщил ей, что полюбил э. э. каммингса и хотел бы обсудить кое-какие стихи. Но вскоре пресек эти фантазии, потому что уже начал хлюпать носом. А кроме того, если б люди заметили, как я в машине разговариваю сам с собой, они бы на меня так поглядели, что я бы уже не сомневался: дела у меня — хуже некуда, серьезно.

Дома сестра смотрела какой-то фильм наедине со своим новым парнем. Зовут его Эрик, стрижется коротко, учится в одиннадцатом классе. Видеокассету взял напрокат. Мы пожали друг другу руки, и я спросил, что это за фильм, потому как сразу не определил, хотя один актер, фамилию не помню, постоянно мелькает на ТВ. Сестра сказала:

— Фильм дурацкий. Тебе не понравится.

— А про что хотя бы? — спрашиваю.

А она мне:

— Да какая тебе разница, Чарли. Все равно скоро закончится.

Тогда я спрашиваю:

— Можно хотя бы конец посмотреть?

А она такая:

— Вот мы сейчас досмотрим, а ты — после нас.

— Ну можно я с вами посижу, а потом перемотаю к началу и досмотрю до этого места?

Тут сестра нажала на «паузу».

— Ты что, намеков не понимаешь?

— Значит, не понимаю.

— Мы хотим остаться наедине, Чарли.

— Ой, извините.

Если честно, я знал, что она хочет побыть наедине с Эриком, но мне тоже реально хотелось посидеть в компании. Впрочем, если ты скучаешь без друзей, это еще не причина ломать кайф другим, так что я пожелал им спокойной ночи и закрыл за собой дверь.

Поднялся я к себе в комнату и начал читать книгу, полученную от Билла. Называется «Посторонний». Билл меня предупреждал: «Читать будет очень легко, а правильно прочесть — очень трудно». Непонятно, что он хотел этим сказать, но мне пока нравится.

Счастливо.

Чарли

8 мая 1992 г.

Дорогой друг!

Удивительно, как жизнь может пойти наперекосяк, а потом вдруг вернуться в прежнее русло. Достаточно случиться одному событию — и вот уже все расставлено по своим местам.

В понедельник Брэд появился в школе.

Он изменился до неузнаваемости. Нет, синяков на нем не было, ничего такого. На лице вообще никаких следов. Просто раньше Брэд рассекал по коридорам пружинистой походочкой. Есть люди, которые почему-то вечно ходят мордой вниз. Не хотят смотреть другим в глаза. Брэд никогда таким не был. А теперь — стал. Особенно если дело касается Патрика.

У меня на глазах они пошептались в коридоре. Слов я не уловил, но смекнул, что Брэд не хочет знаться с Патриком. А когда Патрик задергался, Брэд просто запер свой шкафчик и отошел. В принципе, само по себе это неудивительно, поскольку раньше Брэд с Патриком в школе почти не общались — Брэд не разрешал афишировать их отношения. Странно другое: зачем Патрик подошел к Брэду. Я сделал вывод, что они больше не встречаются на поле для гольфа. И даже не перезваниваются.

Позднее вышел я покурить, один, и увидел Патрика, тоже курившего в одиночку. Подходить не стал, чтобы не вторгаться в его личное пространство. Но Патрик плакал. Не сдерживаясь. После этого случая он все время ходил с отсутствующим видом. Казалось, он находится где-то в другом месте. Наверно, я потому это понял, что раньше про меня говорили то же самое. А может, и сейчас говорят. Не знаю.

В четверг случилось страшное.

Сидел я в кафетерии, жевал в одиночестве рубленый бифштекс — и вдруг вижу: Патрик подходит к Брэду, обедающему в компании приятелей-футболистов, и Брэд смотрит сквозь него, как тогда, возле шкафчиков. Патрик что-то ему сказал и пошел прочь; я заметил, какое у него злое лицо. Брэд немного посидел без движения, а потом развернулся — и я это услышал своими ушами. То, что Брэд заорал Патрику вслед:

— Пидор!

Футбольная компания разразилась хохотом. Когда Патрик обернулся, за несколькими столами люди оцепенели: человек реально взбесился. Я не преувеличиваю. Он ринулся к столу Брэда и выкрикнул:

— Как ты сказал?

Господи, он был просто в ярости. Никогда его таким не видел.

Брэд не двигался, но дружки стали его толкать и подзуживать. Он поднял взгляд на Патрика и выговорил тише и злее, чем в первый раз:

— Я сказал: пидор.

Его дружки заржали пуще прежнего. И тут Патрик нанес первый удар. Жутко, когда в помещении разом наступает тишина, а потом поднимается общий вопль.

Махались они не на жизнь, а на смерть. Пострашнее, чем мы с Шоном в прошлом году. Это были не те прицельные и точные удары, какие показывают в кино. Противники сцепились и просто мутузили друг друга как попало. Кто оказывался злее и агрессивнее, тот и бил метко. Силы были примерно равны, пока не вмешались дружки Брэда — получилось пятеро на одного.

И тут я не выдержал. Не мог же я стоять и смотреть, как Патрика избивают, хотя в этой истории далеко не все было ясно.

Вероятно, любой, кто меня знал, от одного моего вида перетрусил бы или растерялся. Кроме, возможно, моего брата. Это он научил меня, как действовать в таких случаях. Не хочу вдаваться в подробности, скажу только, что под конец Брэд и двое его приятелей вообще опустили руки и вытаращились на меня. Двое других пластом валялись на полу. Один сжимал колено, по которому я двинул металлическим стулом. Еще один закрывал руками лицо. Я ткнул пальцами ему в глаза, но не со всей силы.

Опустив взгляд, я увидел на полу Патрика. Лицо у него было разбито в кровь, из глаз текли слезы. Я помог ему подняться и повернулся к Брэду. До этого случая мы с ним и парой слов не перемолвились, но я решил, что настало время поговорить. И сказал ему так:

— Лучше не лезь, иначе я всем про тебя расскажу. А будешь нарываться — зенки выколю.

И кивнул на его дружка, который закрывал лицо ладонями; до Брэда дошло, что я не шучу. Но ответить он не успел, потому что тут подоспела школьная охрана и всех нас вывели из кафетерия. Для начала препроводили в медпункт, а затем к мистеру Смоллу. Зачинщиком драки был Патрик, поэтому его на неделю исключили из школы. Дружков Брэда исключили на три дня — они ведь всей кодлой набросились на Патрика, когда инцидент уже был исчерпан. Брэд вышел сухим из воды, потому что действовал в пределах самообороны. Меня тоже не исключили, потому что я бросился на выручку другу, который оказался один против пятерых.

Брэду и мне назначили в течение месяца оставаться после уроков начиная с того самого дня.

Пока мы отсиживали положенные часы, мистер Харрис нисколько нас не третировал. Разрешал читать, делать домашнее задание, переговариваться. Не такое уж суровое наказание, особенно если у тебя нет привычки усаживаться перед телевизором сразу после уроков или переживать насчет дисциплинарных взысканий с занесением в личное дело. Я тут подумал, может, это туфта. Насчет занесения в личное дело.

В первый же день Брэд подошел и сел рядом со мной. Вид у него был унылый. Понятное дело, на него столько всего обрушилось, когда он опомнился после драки.

— Чарли.

— Ну?

— Спасибо тебе. Спасибо, что успел их разнять.

— На здоровье.

Вот и поговорили. Больше я ему не сказал ни слова. А сегодня он уже ко мне не подсаживался. Вначале я от его слов как-то опешил. А потом до меня, кажется, дошло. Я бы тоже не захотел, чтобы мои друзья проучили Сэм, если мне не дозволено ее любить.

Когда я в первый день вышел на улицу после отбытия наказания, меня поджидала Сэм. Как только я ее заметил, она улыбнулась. Я остолбенел. Не поверил своим глазам. Затем она перевела взгляд на Брэда и облила его холодным презрением. Брэд попросил:

— Скажи ему, что я виноват.

А она ему:

— Сам скажи.

Брэд отвел глаза и поплелся к своей машине. Сэм подошла и взъерошила мне волосы:

— А ты, я слышала, настоящий ниндзя.

Кажется, я кивнул.

Она подбросила меня до дому в своем пикапе. А по дороге высказала все, что обо мне думает после моей выходки. Объяснила, что они с Мэри-Элизабет — закадычные подруги с незапамятных времен. Даже напомнила, что Мэри-Элизабет ее поддерживала в самую тяжелую пору, когда Сэм пережила то, о чем рассказала мне на рождественской тусовке, подарив пишущую машинку. Не хочу повторять ее слова.

Короче, Сэм сказала, что я, поцеловав ее вместо Мэри-Элизабет, на какое-то время поставил под удар их дружбу. Потому что Мэри-Элизабет, как я понял, всерьез на меня запала. Я расстроился: кто ж мог знать, что я ее так зацепил? Мне казалось, она просто хотела приобщить меня к шедеврам. И тут Сэм сказала:

— Чарли, ты иногда бываешь таким идиотом, что просто ужас. Тебе это известно?

— Да. Известно. Я и без тебя знаю. Честное слово.

Потом она сказала, что они с Мэри-Элизабет помирились, и поблагодарила меня за то, что я прислушался к совету Патрика и, насколько было возможно, залег на дно, что, конечно, упростило дело. Тогда я спросил:

— Значит, мы снова можем дружить?

— Можем, — только и сказала она.

— И с Патриком?

— И с Патриком.

— И со всей тусовкой?

— И со всей тусовкой.

Тут я захлюпал. Но Сэм на меня цыкнула:

— Ты помнишь, что я ответила Брэду?

— Помню. Чтобы он сам сказал Патрику, что виноват.

— К тебе и Мэри-Элизабет это тоже относится.

— Да я пытался, а она...

— Я знаю. Попытайся еще раз.

— Ладно.

Сэм высадила меня у дома. Когда она отъехала на достаточное расстояние, у меня опять потекли слезы. Оттого что мы с ней снова друзья. А больше мне ничего не нужно. Короче, я дал себе слово больше не делать таких глупостей. И сдержу его. Вот увидишь.

Сегодня вечером на показе «Рокки Хоррора» чувствовался какой-то напряг. Не потому, что я столкнулся с Мэри-Элизабет, нет. С ней как раз все прошло нормально. Я признал, что очень виноват, и спросил, не хочет ли она что-нибудь мне сказать. Задал простой вопрос и, как всегда, получил нескончаемый ответ. Я выслушал (реально выслушал) и еще раз повторил, что очень виноват. Тут она меня поблагодарила за то, что я не рассыпаюсь в извинениях и не обесцениваю тем самым признание своей вины. И все встало на свои места, за исключением того, что мы остались просто друзьями.

Если честно, мне кажется, я потому так легко отделался, что Мэри-Элизабет уже начала встречаться с приятелем Крейга. Зовут его Питер, он студент колледжа, и Мэри-Элизабет в полном счастье. На вечеринке в квартире у Крейга я случайно услышал, как Мэри-Элизабет говорила Элис, что с Питером ей гораздо интереснее, потому что он «упертый» и способен вести полноценные дискуссии. А я, по ее словам, очень милый и чуткий, но отношения наши были однобокими. Ей нужен человек, который открыт для обмена мнениями и не спрашивает разрешения высказаться.

Тут впору было захохотать. Или взбеситься. Или пожать плечами оттого, что у людей бывают большие странности. В первую очередь — у меня самого. Но я тусовался с друзьями, а потому на ее словах не зацикливался. Кстати, я довольно много выпил, потому как прикинул, что с травкой нужно быть поаккуратней.

Обстановку нагнетало то, что Патрик официально заявил о своем отказе от роли Франк-н-Фуртера. Сказал, что у него пропало желание играть на сцене... и точка. Короче, сидел он рядом со мной и смотрел из зала и говорил такие вещи, от которых у меня сжималось сердце, потому что подавленность ему совершенно несвойственна.

— Тебе никогда не приходило в голову, Чарли, что эта наша компания как две капли воды похожа на любую другую команду, хотя бы футбольную? Разница лишь в том, как мы одеты и почему.

— То есть?

И тут повисла пауза.

— То есть, я считаю, это полная фигня.

Он не шутил. Я не мог поверить, что это говорилось на полном серьезе.

Франк-н-Фуртера играл какой-то незнакомый мне парень со стороны. Он долго был дублером Патрика и наконец получил свой шанс. С ролью он справился вполне прилично. Не так, конечно, как Патрик, но вполне прилично.

Счастливо.

Чарли

11 мая 1992 г.

Дорогой друг!

Теперь я много времени провожу с Патриком. В основном помалкиваю. Больше слушаю и киваю, потому что Патрику надо выговориться. Но у него это получается совсем не так, как у Мэри-Элизабет. А совершенно по-другому.

Все началось в субботу, наутро после «Рокки Хоррора». Я еще валялся в постели и размышлял, почему иной раз проснешься — и тут же снова задрыхнешь, а бывает, что сна ни в одном глазу. В дверь постучала мама.

— Тебя к телефону — твой друг Патрик.

Я вскочил, сон как рукой сняло.

— Алло!

— Одевайся. Я подъезжаю. — Щелчок. И больше ничего.

У меня на самом деле было много чего намечено, потому что близился конец учебного года, но этот звонок предвещал какое-то приключение, а вставать и одеваться так или иначе нужно.

Патрик подрулил минут через десять. Он был в той же одежде, что и вчера вечером. Душ явно не принимал, ничего такого. По-моему, даже не ложился спать. Но сонливости у него не было: Патрик взбадривал себя кофеином, сигаретами и энергетическими пастилками «Mini Thins», которые продаются во всех придорожных киосках. Бодрят не по-детски! И законом не запрещены, только от них пить охота.

Короче, сел я к нему в машину, насквозь прокуренную. Патрик предложил мне сигарету, но я отказался — не смолить же прямо у дома.

— Неужели предки не знают, что ты куришь?

— Разве я должен им докладывать?

— Наверно, нет.

Полетели мы по трассе... на скоростях.

Сперва Патрик молчал. Просто включил магнитолу и слушал музыку. Когда заиграла вторая песня, я спросил, не тот ли это сборник «Тайного Санты»?

— Я его всю ночь слушал.

Патрик растянул рот в улыбке. Улыбка получилась жутковатая. Тусклая, неподвижная. Врубил он звук на полную мощность. И втопил педаль газа.

— Вот что я тебе скажу, Чарли. Мне сейчас клево. Ты меня понимаешь? По-настоящему клево. Как будто я полностью свободен, от всего. Как будто мне больше не нужно притворяться. Я уезжаю в колледж, да? Там все по-другому. Ты меня понимаешь?

— Конечно, — отвечаю.

— Всю ночь думал, какими постерами оклею стены у себя в общаге. И будет ли у меня в комнате голая кирпичная кладка, которую я смогу разрисовать. Ты меня понимаешь?

На этот раз я только кивнул, потому что он и не ждал моего «конечно».

— Там расклад будет совсем другой. Иначе и быть не может.

— Это точно, — поддакнул я.

— Ты в самом деле так считаешь?

— Конечно.

— Спасибо тебе, Чарли.

И так всю дорогу. Сходили мы в кино. Потом в пиццерию. И всякий раз, когда Патрик начинал уставать, он бросал в рот энергетическую пастилку и запивал кофе. Когда на улице стало смеркаться, он принялся показывать мне те места, где встречались они с Брэдом. При этом почти ничего не рассказывал. Просто смотрел перед собой.

Наша поездка завершилась на поле для гольфа.

Уселись мы на восемнадцатом грине, а это довольно высоко, и любовались закатом. По пути туда Патрик, помахав своим фальшивым удостоверением личности, купил бутылку красного вина, и мы по очереди пили из горлышка. Болтали о том о сем.

— Про Лили слышал? — спрашивает он.

— Кто такая?

— Лили Миллер. Не знаю, может, она и не Лили вовсе, но так ее все называли. Училась на класс старше меня.

— Нет, вроде не слышал.

— Я думал, тебе брат рассказывал. Это уже классика жанра.

— Вполне возможно.

— О'кей. Если слышал — скажешь.

— О'кей.

— Так вот. Приходит сюда Лили с одним парнем, который во всех школьных постановках главные роли играл.

— Паркер, что ли?

— Во-во, Паркер. А ты откуда знаешь?

— Моя сестра по нему сохла.

— Ни фига себе!

Мы порядком напились.

— Короче, приходит сюда Лили с этим Паркером. У них же любовь! Он ей даже свой актерский значок подарил или какую-то такую хрень.

С этого момента Патрик так раздухарился, что от смеха прыскал вином после каждой фразы.

— Была у них любимая песня, «Сломанные крылья», что ли, этой команды, как ее, «Мистер Мистер». На самом деле я точно не знаю, но хочу верить, что пелось там про какой-то облом, — это будет в тему.

— Давай дальше, — поторопил я.

— О'кей. О'кей. — Патрик глотнул еще вина. — Короче, гуляли они уже давно и даже, по-моему, перепихнулись не один раз, но в тот вечер у них планировалось нечто улетное. Она бутерброды из дому захватила, а он мафон притащил, чтобы врубить «Сломанные крылья».

Патрик прямо зациклился на этой песне. Битых десять минут ржал.

— О'кей. О'кей. Больше не буду. Короче, устроили они тут пикничок, бутерброды, то-се. Начали обжиматься. Стерео орет, можно переходить к главному — и тут Паркер вспоминает, что презики забыл. А они оба уже нагишом валяются. Обоим невтерпеж. А презика нету. Короче, угадай, что было дальше?

— Не знаю.

— Поставил он ее раком и отымел через пакет от бутербродов!

— НЕТ! — Других слов у меня не было.

— ДА! — отозвался Патрик.

А я:

— БОЖЕ!

— ДА! — подытожил Патрик.

Когда мы отсмеялись и с ног до головы забрызгались вином, Патрик обернулся ко мне:

— А хочешь знать, в чем главная фишка?

— Ну? В чем?

— Ей, как отличнице, доверили толкать речь на вручении аттестатов. Лезет она на сцену, а на трибунах каждая собака про нее знает!

Хохотать уже не было сил. У нас прямо животы схватило. Вот умора! Короче, мы с Патриком рассказали друг другу все прикольные байки, какие только смогли вспомнить.

Был тут один шкет, Барри, который в кружке моделирования изготавливал воздушных змеев. А после уроков привязывал к такому змею петарду и запускал, чтобы в воздухе бабахнуло. Теперь учится на авиадиспетчера.

(Рассказано Патриком со ссылкой на Сэм)

А еще был один парнишка, Чип, так он не один год копил деньги, которые получал к Рождеству и ко дню рождения, а потом на эти деньги приобрел распылитель, клопомор, противогаз и в полном оснащении стал обивать соседские пороги, чтобы его пустили бесплатно травить клопов.

(Рассказано мной со ссылкой на мою сестру)

Был у нас один перец, звали его Карл Керн, по прозвищу, естественно, Ка-Ка. Пошел Ка-Ка на вечеринку и так нажрался, что уже пристроился сзади к хозяйскому псу.

(Рассказано Патриком)

А еще был этот спортсмен, кликуха у него была «Мастур на все руки» — вроде бы застукали его на какой-то пьянке, когда он занимался онанизмом. Ну, ребята по такому поводу кричалку сделали. Придут на стадион и давай орать и в ладоши бить: «Мастур на все руки!..» Хлоп! Хлоп! Хлоп! «Мастур на все руки!»

(Рассказано мной со ссылкой на моего брата)

Потом были еще другие истории, с другими персонажами. Про Стейси Буфер — у той уже в четвертом классе появились сиськи, и кое-кому из мальчишек довелось их пощупать. Про Винсента, который нажрался кислоты и задумал спустить диван в унитаз. Про Шейлу, которая попробовала мастурбировать хот-догом — пришлось в больницу ехать, извлекать сосиску. И так далее и тому подобное.

Под конец я стал думать: с каким чувством эти люди приезжают на встречи одноклассников? Интересно, бывает ли им неловко? Или это относительно невысокая плата за такую известность?

Когда мы, не без помощи кофе и энергетических пастилок, слегка протрезвели, Патрик повез меня домой. Записанный мною сборник гремел зимними песнями. Патрик повернулся ко мне:

— Спасибо, Чарли.

— Не за что.

— Нет, есть за что. За тот случай в кафетерии. Спасибо.

— Не за что.

Мы замолчали. Патрик довез меня до самого дома и даже свернул на подъездную дорожку. На прощание мы обнялись, и Патрик не сразу меня отпустил, а, наоборот, прижал к себе чуть крепче. И приблизил ко мне лицо. И поцеловал. По-настоящему. А потом медленно-медленно отстранился.

— Прости.

— Ладно. Все нормально.

— Нет, в самом деле. Прости.

— Да ладно. Ничего страшного.

— Ну что ж, — выговорил он, — спасибо.

И опять меня обнял. И наклонился, чтобы еще раз поцеловать. Я не сопротивлялся. Сам не знаю почему.

Мы еще посидели в машине. И только целовались. Но недолго. Через некоторое время взгляд у него прояснился после той пелены тусклости и неподвижности, которая появилась то ли от вина, то ли от кофе, то ли от бессонницы. А потом он заплакал. Потом завел речь про Брэда.

Я дал ему выговориться. Друзья для того и существуют.

Счастливо.
Чарли

17 мая 1992 г.

Дорогой друг!

После той ночи на меня чуть ли не каждое утро накатывает вялость, головная боль и удушье. Мы с Патриком много времени проводим вместе. Часто поддаем. Точнее, поддает в основном Патрик, а мне достаточно пригубить.

Просто мне больно видеть, как он мучается. Тем более что я ничего не могу поделать — разве что создать «эффект присутствия». И хочу ему помочь, а не могу. Вот и таскаюсь за ним как привязанный, когда он загорается желанием показать мне свой мир.

Как-то вечером повез он меня в этот парк, ну, куда приходят мужчины, чтобы найти себе партнера. Патрик объяснил: если хочешь, чтобы к тебе не приставали, отводи глаза. А если задержишь на ком-нибудь взгляд, это будет означать, что ты согласен вступить в анонимные отношения. Переговоров никто не ведет. Просто уточняют, куда можно пойти. Через некоторое время Патрик высмотрел кого-то, кто ему понравился. Предложил оставить мне сигареты, а когда я отказался, похлопал меня по плечу и ушел с тем парнем.

Сел я на скамейку, огляделся. Вокруг не люди, а тени. На земле. У дерева. На дорожке.

И мертвая тишина. Прошло несколько минут, я закурил и тут же услышал шепот:

— У тебя сигаретки не найдется?

Обернулся — и вижу в полутьме незнакомого человека.

— Да, конечно, — говорю. И протягиваю ему сигарету.

— А огонек, — спрашивает, — есть?

— Да, конечно. — Чиркаю для него спичку.

И тут он, вместо того чтобы наклониться и прикурить, загораживает ладонью, как щитком, горящую спичку вместе с моей рукой — на ветру все так делают. Но ветра не было. Думаю, он просто хотел коснуться моей руки, потому что прикуривал он дольше, чем требовалось. Может, хотел, чтобы я при свете пламени разглядел его лицо. И убедился, как он хорош собой. Не знаю. Мне он показался знакомым. Только я не мог сообразить, где его видел. Задул он спичку.

— Спасибо. — Выдохнул дым.

— Не за что, — отвечаю.

— Не возражаешь, — спрашивает, — если я присяду?

— Да нет.

Присел. И заговорил. Голос! Голос знакомый. Короче, закурил я очередную сигарету, вгляделся в его лицо, пораскинул мозгами — и вспомнил. Это же спортивный обозреватель из теленовостей!

— Чудесный вечер, — говорит.

А я глазам своим не верю! Видимо, я кивнул, потому что он продолжил разговор. О спорте! Почему, мол, плохо быть в бейсболе назначенным хиттером, и как баскетбол сделался коммерческим предприятием, и какие студенческие футбольные команды считаются перспективными. Он даже упомянул моего брата! Клянусь! А я только спросил:

— Ну и как вам работа на телевидении?

Наверно, я что-то не то сказал: он вскочил как ужаленный и поспешил скрыться. Я расстроился, потому что не успел его расспросить, есть ли у моего брата шанс выбиться в профессионалы.

Или еще был случай: Патрик повез меня туда, где можно купить ампулушки, чтобы вдыхать для расслабления. В тот раз ампулушек в продаже не было, но парень за прилавком сказал, что у него есть кое-что покруче. Патрик повелся. Купил какой-то флакончик аэрозоля. Мы подышали и — клянусь — оба едва не окочурились от разрыва сердца.

В общем, Патрик меня куда только не возил — без него я бы и не узнал о таких местах. К примеру, на одной из центральных улиц есть некий караоке-бар. Есть некий танцевальный клуб. В одном из спорткомплексов есть туалет. Всякие такие места. Иногда Патрик снимает какого-нибудь парня. Иногда нет. Говорит, всегда есть сомнения насчет безопасности. Мало ли что. Вот так заклеит кого-нибудь, а потом ходит чернее тучи. Смотреть жалко, потому что в начале вечера он всегда бывает в приподнятом настроении. Повторяет, что ощущает свободу. Но чувствует, что сегодня вечером решится его судьба. И всякое такое. Нет-нет да и вспомнит Брэда. А иногда вовсе не вспоминает. Но он довольно быстро утрачивает интерес к этим злачным местам, да и «дури» хватает ненадолго.

Короче, высадил он меня сегодня у дома. А до этого мы снова побывали в парке, где мужчины ищут себе партнеров. И увидели там Брэда с каким-то незнакомцем. Брэд был так поглощен своими делами, что нас не заметил. Патрик не произнес ни слова. Не предпринял никаких действий. Просто зашагал к машине. И на обратном пути всю дорогу молчал. На полном ходу выбросил из машины бутылку вина. И она разлетелась вдребезги. На этот раз, в отличие от всех предыдущих, он не стал меня целовать. Просто поблагодарил за дружбу. И уехал.

Счастливо.
Чарли

21 мая 1992 г.

Дорогой друг!

Учебный год почти окончен. Остался какой-то месяц с небольшим. Но выпускникам, таким как моя сестра, Сэм и Патрик, осталось учиться всего две недели. Потом у них выпускной и вручение аттестатов. Сейчас все озабочены подбором для себя пары на выпускной бал.

Мэри-Элизабет пойдет со своим бойфрендом, Питером. Моя сестра — с Эриком. Патрик — с Элис. А Крейг на этот раз снизошел до Сэм. Они уже лимузин заказали и все такое прочее. У моей сестры, конечно, поскромнее будет выезд. У ее бойфренда «бьюик», на нем и поедут.

Билл в последнее время сделался очень сентиментальным, чувствуя, что первый год его преподавания подходит к концу. По крайней мере, так он мне объяснил. У него намечался переезд в Нью-Йорк для занятий драматургией, но он мне сказал, что, по-видимому, пересмотрит эти планы. Ему реально понравилось преподавать английский и литературу, а на будущий год он, вероятно, сможет взять на себя руководство театральной студией.

По-моему, все его мысли заняты только этим, потому что после «Постороннего» я не получил от него ни единой книги. Правда, он задал мне посмотреть несколько фильмов, а потом изложить свои впечатления. Перечисляю фильмы: «Выпускник», «Гарольд и Мод», «Моя собачья жизнь» (с субтитрами!), «Общество мертвых поэтов» и еще такой фильм — «Невероятная правда», который не так-то просто найти.

Все фильмы я просмотрел за один день. Это было нечто.

А сочинение мое ничем не отличалось от прежних, потому что все произведения, которые Билл задает мне почитать или посмотреть, очень похожи. Исключение составляет только «Голый завтрак».

Между прочим, он признался, что дал мне эту книгу под влиянием момента, когда впал в философские раздумья после разрыва со своей девушкой. Думаю, именно поэтому он и загрустил, когда мы с ним обсуждали «В дороге». Он тогда извинился, что позволил себе смешать личные дела с преподаванием, и я это принял — а что мне оставалось? Как-то нелепо думать о своем учителе просто как о человеке, даже если это Билл. Видимо, после того случая он все же помирился со своей девушкой. Теперь они живут вместе. По крайней мере, так он сказал.

Короче, в школе Билл дал мне последнюю в этом учебном году книгу. Называется «Источник». Толстенная.

— Отнесись к этому произведению скептически, — сказал Билл. — Это великий роман. Но постарайся быть не губкой, а фильтром.

По-моему, Билл иногда забывает, что мне всего шестнадцать. Но я этому только рад.

Книгу пока не открывал, потому как сильно запустил другие предметы из-за того, что все свое время проводил с Патриком. Но если я сейчас напрягусь, то закончу свой первый учебный год в старшей школе на «отлично», чему буду очень рад. У меня чуть было не случился облом с математикой, но мистер Карло посоветовал мне не спрашивать почему, а просто применять формулы. Я послушался. Теперь все контрольные щелкаю как орешки. Жаль, конечно, что я не понимаю, как работают эти формулы. Даже представления не имею, честно.

Помнишь, я в самом начале решился тебе написать именно потому, что дрейфил идти в старшую школу. Но теперь я здесь как рыба в воде, что, вообще говоря, довольно странно.

Между прочим, после того случая, когда Патрик увидел в парке Брэда, он бросил пить. Думаю, сейчас ему легче. Все его мысли — о том, как он окончит школу и поступит в колледж в другом городе.

А Брэда я увидел в понедельник, после того как засек его в парке, — мы ведь до сих пор отбываем наказание после уроков. И держался он как ни в чем не бывало.

Счастливо.

Чарли

27 мая 1992 г.

Дорогой друг!

В последние дни не отрываясь читаю «Источник», книга отличная. Узнал из аннотации на задней стороне обложки, что писательница родилась в России и еще молодой уехала в Америку. По-английски объяснялась с трудом, но поставила себе цель подняться к вершинам литературного творчества. Мне показалось, что это достойная цель, поэтому я сел за стол и начал писать рассказ.

«Иэн Макартур — добрейший, милый человек, носит очки и с интересом смотрит сквозь линзы».

Это первое предложение. Со вторым меня заколодило. Я три раза прибрался в комнате и после этого окончательно решил, что нужно дать Иэну отлежаться, потому что он начал меня раздражать.

На этой неделе у меня достаточно времени, чтобы читать и писать, потому что все готовятся к выпускному балу и церемонии вручения аттестатов, утрясают свои планы. В эту пятницу у них последний учебный день. Выпускной будет во вторник, что меня удивило: по-моему, логичнее было бы назначить его на выходной, но Сэм объяснила, что все школы не могут проводить выпускной вечер одновременно, потому что рестораны не резиновые, да еще всем нужно брать напрокат смокинги. Надо же, как все продумано. А вручение аттестатов у них в воскресенье. Настроение у всех приподнятое. Жаль, что меня это не касается.

Интересно, как у меня сложится жизнь после школы. Как я буду жить в одной комнате с соседом, покупать себе шампунь. Помечтал, как было бы здорово через три года позвать на выпускной бал Сэм. Хорошо бы наш выпускной пришелся на пятницу. Хорошо бы мне доверили произносить речь как лучшему из выпускников. Надо продумать, о чем я буду говорить. И согласится ли Билл мне помочь, если, конечно, не уедет в Нью-Йорк, чтобы стать драматургом. А если уедет и начнет сочинять пьесы, но все равно согласится мне помочь, это будет совсем здорово.

«Источник» — очень хорошая книга. Надеюсь, что я — фильтр.

Счастливо.
Чарли

2 июня 1992 г.

Дорогой друг!

У вас был выпускной розыгрыш? Думаю, да — сестра говорит, эта традиция существует во многих школах. В этом году розыгрыш был такой: выпускники сговорились и наполнили бассейн виноградным напитком — шесть тысяч коробок вылили. Ума не приложу, кто придумывает такие приколы и зачем, разве что в качестве знакового события в честь окончания школы. Каким образом окончание школы связано с полным бассейном виноградного напитка, это мне непонятно, но я был ужасно рад, потому что из-за этого у нас отменили физкультуру.

На самом деле время сейчас хорошее, потому что все предвкушают конец учебного года. В пятницу у моей сестры и у всех моих друзей последний учебный день. У них только и разговоров что про выпускной бал. Даже те, кто считает, что это «отстой» (как, например, Мэри-Элизабет), без конца твердят, какой это «отстой». Со стороны выглядит потешно.

Короче, сейчас уже все определились, куда будут поступать. Патрик выбрал Вашингтонский университет, потому что хочет быть поближе к музыке. Говорит, что, пожалуй, хотел бы в будущем работать в какой-нибудь студии звукозаписи. Может, пиарщиком станет или скаутом — новые таланты искать. Сэм решила уехать пораньше, чтобы перед поступлением окончить летние подготовительные курсы, которые предлагает выбранный ею престижный вуз. До чего мне нравится это выражение. «Престижный вуз». Но и «доступный вуз» — тоже неплохо.

Дело в том, что у Сэм приняли документы сразу два вуза. Престижный и доступный. В доступном она могла бы приступить к занятиям осенью, но престижный требует обязательной подготовки на летних курсах — с этим и мой брат столкнулся. Оно и понятно! Пенсильванский университет — это круто, тем более что я теперь за одну поездку смогу повидать и брата, и Сэм. Пока что гоню от себя мысли об отъезде Сэм, но невольно думаю: а вдруг у них что-нибудь замутится с моим братом? Глупость, конечно, они слишком разные, да к тому же Сэм влюблена в Крейга. Все, хватит об этом.

Моя сестра поступила в «небольшой гуманитарный колледж в Новой Англии», называется «Колледж имени Сары Лоренс». Обучение там стоит огромных денег, и сестра до последнего момента была в подвешенном состоянии, но ухитрилась получить академическую стипендию — то ли через Ротарианский клуб, то ли через какой-то благотворительный фонд. Я еще подумал: какая щедрость. В своем выпуске сестра по баллам на втором месте. Я надеялся, что она закончит первой, но ей по какому-то предмету влепили четверку, когда она переживала из-за той истории со своим бывшим бойфрендом.

Мэри-Элизабет уезжает не куда-нибудь, а в Беркли. Элис будет изучать кино в Нью-Йоркском университете. Надо же. Ни за что бы не подумал, что ее интересует кино. Она сама говорит не «кино», а «кинематография».

Кстати, дочитал я «Источник». Потрясающий роман. Как-то странно говорить, что книга тебя потрясла, но я действительно испытал нечто близкое к потрясению. В отличие от большинства предыдущих, здесь нет юного героя. На «Постороннего» и на «Голый завтрак» тоже непохоже, хотя философские мысли, по-моему, прослеживаются. Но это не тот случай, когда приходится специально выискивать философскую подоплеку. Здесь все четко, а главное — я взял то, о чем пишет автор, и примерил к своей собственной жизни. Вероятно, это и значит «быть фильтром». Но я не уверен.

Там есть эпизод, когда главный герой, архитектор, плывет на корабле со своим лучшим другом, газетным магнатом. И магнат заявляет, что этот архитектор — очень холодный человек. Архитектор отвечает, что в случае кораблекрушения, если бы в спасательной шлюпке оказалось только одно место, он бы, не раздумывая, отдал свою жизнь за магната. А потом добавляет что-то в таком духе: «Я готов ради тебя умереть. Но я не стану ради тебя жить». Как-то так. По-моему, идея сводится к тому, что каждый человек должен жить в первую очередь ради собственной жизни, а уже во вторую очередь решать, будет ли он делить ее с другими. Если да, то человеку приходится «погружаться в жизнь». Но возможно, я не так понял. Я, например, не возражал бы какое-то время пожить ради Сэм. Но она, со своей стороны, этого не захочет, так что не исключено, что здесь подразумевается более дружеское отношение. Надеюсь.

Рассказал я своему психиатру про эту книгу, про Билла, про Сэм и Патрика, кто куда поедет учиться, а он только и знает, что расспрашивать меня про мое детство. А главное, у меня такое чувство, что я повторяю ему одни и те же воспоминания. Не знаю. Он говорит, это важно. Ну, посмотрим.

Я бы еще написал, но мне нужно формулы вызубрить — в четверг годовая контрольная по математике. Пожелай мне ни пуха ни пера!

Счастливо.

Чарли

5 июня 1992 г.

Дорогой друг!

Хотел рассказать тебе про наш забег. Вчера был великолепный закат. А тут есть этот склон. А на нем поле для гольфа, до восемнадцатого грина, где мы с Патриком от смеха вином обрызгались. И вот за пару часов до заката у Сэм, Патрика и всех, кого я знаю и люблю, окончился последний в их жизни школьный день. И я радовался вместе с ними. Моя сестра, когда мы столкнулись в коридоре, даже позволила мне себя обнять. Со всех сторон неслось «поздравляю!». Короче, Сэм с Патриком и я посидели в «Биг-бое», покурили. Потом прошлись, чтобы скоротать время до начала «Рокки Хоррора». Поговорили о том, что для меня в тот момент было важно. Полюбовались видом холма. И вдруг Патрик рванул вслед закату. Сэм — тотчас же за ним. Я видел только их силуэты. Летящие за солнцем. Тут я не выдержал и тоже побежал. Это было так классно, что лучше не бывает.

А Патрик в тот вечер изъявил желание напоследок сыграть Франк-н-Фуртера. Натягивает он костюм, а сам такой счастливый, и все счастливы, что он на это решился. Нет, в самом деле все расчувствовались. В тот вечер он превзошел сам себя. Пусть у меня предвзятое мнение —

неважно. Никогда не забуду это представление. Особенно последнюю песню.

Называется она «Я еду домой». В фильме исполнитель этой роли, Тим Карри, на этой песне начинает плакать. А Патрик улыбался. И правильно делал.

Я даже уговорил сестру прийти вместе с бойфрендом. Кстати, уламывал ее с тех пор, как сам стал ходить, но она ни в какую. Только теперь согласилась. А поскольку и она, и ее парень пришли впервые, они были, что называется, «девственниками», то есть даже не догадывались, что здесь им придется пройти «обряд посвящения» — совершить кое-какие разнузданные действия. Сестру я предупреждать не стал, и ей с ее парнем пришлось подняться на сцену и станцевать «Искривление времени».

Кто проигрывает в этом танцевальном конкурсе (неважно, парень или девушка), тот изображает половой акт с огромной мягкой куклой, поэтому я наспех показал сестре и ее парню, как танцевать «Искривление времени», чтобы они не проиграли. Какая была умора, когда моя сестра отплясывала на сцене «Искривление времени», но вряд ли я смеялся бы, коли ей пришлось бы публично изображать секс с огромной куклой.

Потом я позвал их обоих на квартиру к Крейгу, где мы обычно тусуемся после сеанса, но она сказала, что уже приглашена на вечеринку к подруге. Настаивать я не стал — хоть на «Рокки Хоррора» согласилась прийти, и на том спасибо. Перед уходом она снова меня обняла. Второй раз за день! Я люблю сестру, правда. Особенно когда она добрая.

Тусовка у Крейга была суперская. По такому случаю Крейг и Питер закупили шампанское. Мы танцевали. Трепались. И я заметил, как Мэри-Элизабет в полном счастье целовалась с Питером. А Сэм в полном счастье целовалась с Крейгом. А Патрик и Элис ни с кем не целовались и нисколько по этому поводу не страдали, потому что горячо обсуждали свои планы на будущее.

Прихватил я бутылку шампанского и сел поближе к стереосистеме, чтобы в зависимости от происходящего менять песни под свое настроение. Мне повезло: у Крейга бесподобная коллекция компакт-дисков. Как замечу у ребят первые признаки заторможенности, ставлю что-нибудь заводное. Как замечу, что им охота поговорить, ставлю что-нибудь спокойное. Классно было сидеть на тусовке в стороне и в то же время вместе со всеми.

Потом все меня благодарили, говорили, что музыка была идеальная. Крейг сказал, что я, пока еще учусь в школе, могу подрабатывать диджеем, он ведь тоже подрабатывал манекенщиком. Мысль интересная. Чем черт не шутит: сколочу деньжат на тот случай, если Ротарианский клуб или какой-нибудь благотворительный фонд на меня не расщедрятся.

Тут на днях позвонил мой брат и сказал, что ему бы только пробиться в профессионалы, тогда у меня вообще голова не будет болеть о плате за обучение. Он все расходы возьмет на себя. Не могу дождаться встречи с братом. Он приедет к сестре на вручение аттестатов, и это будет здорово.

Счастливо.

Чарли

9 июня 1992 г.

Дорогой друг!

Выпускной вечер в разгаре. Сижу у себя в комнате. Вчера мне было кисло, потому что моя сестра и все мои друзья в школу уже не ходят, а я больше ни с кем не общаюсь.

Хуже всего было на большой перемене: мне вспомнилось, как все от меня отвернулись из-за Мэри-Элизабет. Я даже не мог запихнуть в себя сэндвич, хотя мама дала мне с собой мой самый любимый — видимо, догадывалась, каково мне будет в одиночестве.

Коридоры стали какими-то незнакомыми. Одиннадцатиклассники заносятся, потому что они теперь перешли в двенадцатый. Даже футболки по этому случаю заказали. Не знаю, кто все это организует.

Мысли у меня только о том, что через две недели Сэм уедет в Пенсильванский университет. А Мэри-Элизабет прилипнет к своему парню. А моя сестра — к своему. А с Элис я близко не общаюсь. Патрик, ясное дело, никуда не денется, но я опасаюсь, что в хорошем настроении он про меня не вспомнит. Понятное дело, надо гнать от себя такие мысли, но не всегда получается. Выходит, мне и поговорить больше не с кем, кроме как с психиатром, а мне это сейчас ну совсем не улыбается: он опять будет приставать с вопросами про мое детство, а меня уже от них мутит.

Хорошо еще, что в школе много задают и думать особо некогда.

Остается надеяться, что сегодняшний вечер пройдет очень весело для тех, кому положено на нем веселиться. За моей сестрой заехал на «бьюике» ее парень — в белом смокинге поверх черного костюма, диковато слегка. Его «камербант» (как пишется — точно не знаю) подобран в тон платью моей сестры, серо-голубому, с огромным вырезом. Как тут не вспомнить те журналы. Что-то меня понесло. Молчу.

Надеюсь, что моя сестра будет ощущать себя красавицей, а ее нынешний бойфренд ей в этом поможет. Надеюсь, Крейг не будет всячески показывать, что он перерос такие мероприятия, и не испортит Сэм выпускной. И Мэри-Элизабет с Питером пожелаю того же. Надеюсь, что Патрик с Брэдом помирятся и станцуют вместе на виду у всей школы. И что Элис окажется тайной лесбиянкой, влюбленной в Нэнси, подружку Брэда (причем взаимно), так что все будут как-то пристроены. Надеюсь, диджей проявит себя не хуже, чем я в ту пятницу. Надеюсь, что на фотографиях все получатся прекрасно, что фотографии никогда не состарятся и что никто не попадет в автокатастрофу.

Очень надеюсь.

Счастливо.

Чарли

10 июня 1992 г.

Дорогой друг!

Пришел домой после уроков, а сестра еще дрыхнет после вечеринки, которую организовали в школе после официальной части выпускного бала. Позвонил Патрику и Сэм, они тоже спят. У них беспроводная трубка, в которой вечно сдыхают батарейки, и у матери Сэм голос подвывал, как у мамы из мультиков про Снупи. «Уа-уа... Уу».

Сегодня написал две контроши. Одну по биологии — там вроде бы все на пять с плюсом. Вторую — по предмету Билла. Тему сочинения он дал по роману «Великий Гэтсби». Единственная проблема заключалась в том, что он приносил мне эту книгу давным-давно, я еле вспомнил.

Когда сдавал работу, спросил, нужно ли мне писать сочинение по «Источнику»: просто я ему говорил, что дочитал до конца, а он тогда ничего не задал. Он ответил, что не вправе загружать меня сочинениями, когда у нас что ни день — контрольные. А после пригласил меня к себе домой, чтобы я провел субботний вечер с ним и с его девушкой. Это здорово.

Стало быть, в пятницу — на «Рокки Хоррора», в субботу — в гости к Биллу. В воскресенье пойду на вручение аттестатов, затем посижу с родителями и с братом, поздравим сестру. А потом, наверно, пойду к Сэм и Патрику, чтобы их тоже поздравить. Останется еще два дня учебы, но смысла в этом никакого, поскольку все контрольные уже написаны. Правда, в школе запланированы какие-то мероприятия. Во всяком случае, что-то я такое слышал.

Я потому так далеко загадываю, что в школе мне жутко тоскливо. Кажется, я уже говорил, но просто с каждым днем становится все хуже. Завтра контрольная по истории. И зачет по машинописи. В пятницу — зачеты по физкультуре и по труду. Думаю, поставят автоматом. Особенно по труду. Хорошо бы мистер Кэллаган просто принес на урок какие-нибудь свои старые пластинки. Когда у нас была промежуточная аттестация, он так и сделал, но теперь это будет совсем не то: в тот раз Патрик под музыку так прикольно рот раскрывал. Да, кстати, по математике на той неделе получил пять с плюсом.

Счастливо.

Чарли

13 июня 1992 г.

Дорогой друг!

Только что приехал от Билла. Мог бы написать тебе про вчерашний вечер еще утром, но остался у Билла дома.

Вчера вечером Крейг и Сэм разбежались.

Видеть это было очень тяжело. За эти дни мне много чего порассказали про выпускной, а благодаря видеосъемке я смог посмотреть, кто как выглядел. Сэм выглядела изумительно. Патрик хоть куда. Мэри-Элизабет со своим дружком, Элис — все выглядели шикарно. Единственное — Элис обработала подмышки дезодорирующим карандашом, и у нее на открытом платье проступили белые пятна. По мне, это никакой роли не играет, но Элис, говорят, весь вечер бесновалась. Крейг тоже неплохо выглядел, хотя пришел почему-то не в смокинге, а в костюме. Но расстались они не поэтому.

Все сходятся в том, что выпускной вечер удался. Лимузин — это был вообще супер. Водитель угостил всех травкой, отчего у ребят разыгрался аппетит, и дорогие закуски пошли на ура. Звали его Билли. Группа играла совершенно отстойная, какие-то «Цыгане из Аллегени», ничего своего, но ударник у них классный, так что наплясались все до упаду. Патрик и Брэд даже не смотрели друг на друга, но Сэм сказала, что Патрик больше не переживает.

После официальной части выпускного бала моя сестра со своим парнем отправилась на вечеринку, которую организовала школа. Для этой цели сняли популярный танцевальный клуб в центре города. Сестра говорит, было обалденно: все шикарно одеты, музон классный, не какие-нибудь «Цыгане из Аллегени», а настоящий диджей. Даже пародист выступал. Единственное — назад уже никого не выпускали. Это предки решили подстраховаться. Но ребята не возражали. Все оттянулись по полной, тем более что выпивку догадались с собой принести.

Балдели они до семи утра, а потом всей толпой завалились в «Биг-бой» и наелись блинчиков с ветчиной.

Я спросил у Патрика, понравилось ли ему на этой тусовке, и он сказал, что повеселились они от души. Оказывается, Крейг заказал на всех огромный номер люкс в каком-то отеле, но туда поехали только он и Сэм. На самом-то деле Сэм хотела пойти со всеми на школьную тусовку, а Крейг разозлился, потому что за номер уже было уплачено. Но поссорились они по другой причине.

Дело было вчера, у Крейга дома, после «Рокки Хоррора». Как я уже говорил, Питер, бойфренд Мэри-Элизабет, по корешам с Крейгом. Он-то и поднял эту бучу. По-моему, Мэри-Элизабет ему на самом деле нравится, но и Сэм тоже, и чем дальше, тем больше, потому как никто его за язык не тянул. Ничто не предвещало.

Если без подробностей: Крейг изменял Сэм с того самого дня, как начал с ней встречаться.

Не то что один раз, по пьянке, а потом раскаялся. Девушек у него было много. И спал он с ними не по одному разу. И по пьянке, и на трезвую голову. И, насколько я понимаю, ничуть не раскаивался.

А почему Питер до сих пор молчал: он в этой тусовке никого не знал. Включая Сэм. Думал, это очередная дурочка-школьница — так ему Крейг говорил.

Короче, познакомившись с Сэм, Питер начал убеждать Крейга, чтобы тот во всем ей признался, потому что она вовсе не дурочка-школьница. Крейг ему пообещал, но слово не сдержал. Каждый раз находились какие-нибудь отговорки. Крейг говорил «причины».

«Зачем отравлять ей выпускной?»

«Зачем отравлять ей показ?»

«Зачем отравлять ей вручение аттестатов?»

А потом заявил, что ей вообще ничего знать не нужно. Все равно ей скоро уезжать. Найдет себе другого. А сам он всегда отмажется: у него с теми мочалками был только «безопасный секс». Так что все шито-крыто. Пусть у девочки останутся приятные воспоминания. Он к ней хорошо относится, зачем ее обижать?

Питер хотя и понимал, что это подло, но спорить не стал. По крайней мере, так он сам сказал. Однако вчера, после шоу, Крейг стал ему расписывать, как кувыркался с новой девчонкой перед самым выпускным. Тут Питер ему и сказал: если ты не откроешь Сэм правду, это сделаю я. Ну, Крейг ни в чем признаваться не стал, а Питер подумал: ладно, это не мое дело, но потом на тусовке случайно услышал разговор между

Сэм и Мэри-Элизабет. Сэм говорила, что Крейг — это, наверно, ее «судьба» и что она, уехав учиться, всеми силами постарается сберечь их отношения «на расстоянии». Письма. Телефонные звонки. Каникулы. Выходные. Тут Питер не выдержал.

Подошел он к Крейгу и говорит:

— Либо ты скажешь ей правду немедленно, либо это сделаю я.

Крейг увел Сэм в спальню. Некоторое время они отсутствовали. Затем Сэм вышла и, сдерживая слезы, направилась прямо к дверям. Крейг не бросился за ней. И это было, по-моему, хуже всего. Не то чтобы он обязан был попробовать с ней помириться, но броситься за ней все равно должен был.

Знаю одно: Сэм была просто убита. Мэри-Элизабет и Элис побежали за ней следом, чтобы с ней ничего не случилось. Я тоже рванулся к дверям, но Патрик меня удержал. То ли хотел дознаться, в чем дело, то ли счел, что с подругами ей сейчас будет легче.

Хорошо, что мы остались. Думаю, мы своим присутствием предотвратили кровавую разборку между Крейгом и Питером. При нас они только орали. Тогда-то я и узнал факты, которые тебе излагаю.

Крейг повторял:

— Пошел ты в жопу, Питер! Пошел ты в жопу!

А Питер ему:

— Нефиг было трахаться с кем попало! Тем более в день ее выпускного! Ублюдок!

И так далее.

Когда страсти накалились до предела, Патрик вклинился между парнями и мы с ним выволокли Питера из квартиры. Девушек наших поблизости не оказалось. Короче, загрузились мы в машину Патрика и отвезли Питера домой. Он всю дорогу кипятился и поносил Крейга. Тогда-то я и узнал остальные подробности, которые тебе изложил. Наконец высадили мы Питера, и он взял с нас слово подтвердить Мэри-Элизабет, что он ей не изменяет, потому что это правда. Он просто не хотел, чтобы на него пала тень от этого «козла».

Мы пообещали, и он скрылся в подъезде своей многоэтажки.

Мы с Патриком не могли знать, что именно Крейг рассказал Сэм. Оставалось только надеяться, что он изложил ей «мягкую» версию неприглядной правды. Ровно столько, чтобы она от него отступилась. Но не столько, чтобы она впредь подозревала всех и каждого. Хотя, возможно, лучше уж знать всю правду. Но если честно, я не уверен.

Короче, мы условились ничего ей не рассказывать, если только Крейг не ограничился какими-то «мелочами» и Сэм не соберется его простить. Надеюсь, до этого не дойдет. Надеюсь, Крейг сказал ей достаточно, чтобы она выбросила его из головы.

Объехали мы те места, куда могли податься девушки, но безуспешно. Патрик предположил, что они просто катаются по городу, чтобы Сэм «слегка остыла».

Короче, высадил он меня у дома. Обещал позвонить утром, если что-нибудь узнает.

Перед сном я кое-что для себя уяснил. По-моему, это важно. Я уяснил, что в течение всего вечера ни разу не испытал радости от того, что Крейг и Сэм расстались. Вообще никакой.

Ни разу не сказал себе: вот теперь, наверно, Сэм к тебе потянется. Все мои мысли были о том, насколько ей сейчас больно. Видимо, тогда я и понял, что люблю ее по-настоящему. Потому что я ничего для себя не выиграл и ничуть от этого не расстроился.

В гости к Биллу я шел с тяжелым чувством, потому что утром Патрик не позвонил. Мне было очень тревожно за Сэм. Я набрал их номер, но никто не снял трубку.

У Билла совсем другой вид, когда он не в костюме. Он меня встретил в старой университетской футболке. «Университет Брауна», какого-то линялого цвета. Футболка, а не университет.

Его девушка была в сандалиях и в симпатичном платье в цветочек. Подмышки не бреет. Честное слово! Похоже, им вместе очень хорошо. Я порадовался за Билла.

В доме у них уютно, хотя мебели совсем мало. Масса книг — я полчаса про них расспрашивал. На стене — их общая фотография студенческих времен. У Билла на ней длиннющие волосы.

Его девушка стала готовить обед, а Билл нарезал салат. Я сидел на кухне, пил имбирную шипучку и смотрел на них. На обед было какое-то блюдо из макарон, потому что девушка Билла не ест мясного. Билл теперь тоже не ест мясного. В салате, правда, попадались какие-то кусочки соевого бекона, потому что по бекону они оба скучают.

У них отличная подборка джазовых пластинок, и обедали мы под аккомпанемент джаза. Через некоторое время они откупорили бутылку белого вина, а мне дали еще банку имбирной шипучки. Потом у нас завязалась беседа.

Билл спрашивал меня насчет «Источника», а я отвечал, не забывая быть фильтром.

Потом он спросил, как прошел мой первый учебный год в старшей школе, и рассказал, упомянув все истории, в которые «погружался».

Затем он стал задавать вопросы насчет девушек, и я ответил, что по-настоящему люблю Сэм и хотел бы знать, что сказала бы автор «Источника» по поводу того, как я для себя открыл, что люблю ее.

Билл меня выслушал и замолчал. Прокашлялся:

— Чарли... Хочу тебя поблагодарить.

— За что? — спрашиваю.

— За то, что учить тебя было одно удовольствие.

— О... я рад. — А что еще было сказать?

Потом Билл выдержал долгую такую паузу и заговорил как мой отец, когда готовится к серьезной беседе.

— Чарли, — начал он, — ты догадываешься, почему я загружал тебя дополнительными заданиями?

Я только головой помотал: нет, не догадываюсь. А у него такое лицо сделалось. Я сразу успокоился.

— Чарли, известно ли тебе, насколько ты умен?

Я опять только головой помотал. Он говорил на полном серьезе. Даже странно.

— Чарли, ты один из самых одаренных людей, какие мне только встречались. Я не имею в
виду учеников. Я имею в виду всех своих знакомых. Потому я и загружал тебя дополнительными заданиями. Ты это заметил?

— Кажется, да. Вроде бы.

Я смутился. Не понимал, к чему он ведет. Ну,
писал я какие-то сочинения, и что?

— Чарли, не пойми превратно. Я вовсе не собираюсь вгонять тебя в краску. Я просто хочу,
чтобы ты понимал: ты — необыкновенный...
А завел я этот разговор только потому, что, сдается мне, тебе этого раньше не говорили.

Поглядел я на него. И смущение как рукой
сняло. Но я почувствовал, что к глазам подсту-
пили слезы. Он со мной так по-доброму разговаривал, и я по лицу его девушки понял, что
для него это важно. Только не понял почему.

— Так вот, по окончании этого учебного года я перестану быть твоим учителем, но хочу,
чтобы знал: если тебе что-нибудь понадобится, если ты захочешь побольше узнать о литературе, да мало ли что, ты всегда сможешь обра-
титься ко мне как к другу. Я в самом деле считаю тебя своим другом, Чарли.

Тут я слегка захлюпал. По-моему, его девушка — тоже. А Билл — нет. У него был предель-
но собранный вид. Помню, мне захотелось его
обнять. Но я никогда прежде такого не делал —
Патрик, девушки, мои родные не в счет. Посидел я молча, не зная, что сказать.

А потом сказал так:

— Вы самый замечательный учитель, лучше
у меня не было.

И он ответил:

— Спасибо тебе.

На этом дело и кончилось. Билл не стал требовать с меня обещание, что я непременно обращусь к нему на следующий год, если мне что-нибудь понадобится. Не спросил, почему у меня текут слезы. Он предоставил мне самому истолковать его слова и не стал давить. И это, наверно, было самое классное.

Через несколько минут настало время прощаться. Не знаю, кто определяет такие вещи. Наверно, это само собой происходит.

Пошли мы к дверям, и девушка Билла на прощанье меня обняла, что было очень приятно, если учесть, что мы с ней только в этот день познакомились. Потом Билл протянул мне руку. И мы обменялись рукопожатием. А я мимоходом все-таки его обнял, прежде чем распрощаться.

Ехал я домой, а в голове крутилось это слово: «необыкновенный». И я подумал, что после тети Хелен ни от кого такого не слышал. Я был очень рад услышать это снова. Потому что все мы, как мне кажется, просто забываем это сказать. Я считаю, каждый человек по-своему особенный. В самом деле.

К вечеру приедет мой брат. Завтра для всех — вручение аттестатов. От Патрика ни слуху ни духу. Я сам ему позвонил, но его опять не было дома. Тогда я решил пойти и купить всем подарки к окончанию школы. Честное слово, раньше просто времени не было.

Счастливо.

Чарли

16 июня 1992 г.

Дорогой друг!

Только что приехал домой, на автобусе. Сегодня у меня был последний учебный день. И на улице хлынул дождь. Как раз когда я ехал в автобусе. В автобусе я всегда сажусь где-нибудь в середине, потому что слышал: впереди зубрилы, сзади дебилы, и я от этого начинаю нервничать. Интересно, как в других школах дебилов называют?

Короче, решил я сегодня сесть впереди и занять все сиденье. Как бы полулежа, спиной к окну. Чтобы смотреть на других ребят. Хорошо, что в школьном автобусе пристегиваться не надо, а то я бы не смог так развалиться.

Заметил я одно: как все изменились. В детстве мы в последний день учебы по дороге домой всегда в автобусе пели. У нас и песня любимая была: как я потом выяснил, пинк-флойдовская, «Another Brick in the Wall, part two». Но была еще одна песня, которая нам нравилась еще больше, потому что заканчивалась она ругательством. Там пелось:

...Звенит звонок в последний раз / И нам учитель — не указ / Долой учебник и тетрадь / На школу нам теперь насрать.

242

А потом все хохотали, потому что за сквернословие нам доставалось, но тут у нас был большой перевес в живой силе. По глупости мы не понимали, что водителю наша песня до лампочки. Ему бы развезти нас поскорее — и домой. Пообедать, выпить да вздремнуть пару часиков. Но в ту пору мы этого понять не могли. Зубрилы и дебилы были заодно.

Мой брат приехал в субботу вечером. За этот год изменился он еще больше, чем ребята в автобусе. Бороду отрастил! Как я обрадовался! Он теперь и улыбается по-другому, и ведет себя «галантно». Сели мы ужинать, и все расспрашивали его про универ. Папа насчет спорта интересовался. Мама — насчет учебы. Я все просил, чтобы он рассказал какой-нибудь смешной случай. Сестра нервно выпытывала, как там «вообще» и не грозит ли ей «студенческая пятнашка». Не знаю, что это такое, но думаю — пятнадцать фунтов лишнего веса.

Я ждал, что мой брат будет без остановки рассказывать о своих делах. Пока он учился в школе, так бывало и после важных матчей, и после всяких событий типа выпускного. Но в этот раз он, похоже, больше интересовался нашими делами, особенно тем, как у сестры прошло окончание школы.

Пока они болтали, я вспомнил того спортивного обозревателя, который упомянул моего брата. И так обрадовался! Рассказал нашим. И что получилось.

Папа сказал:

— Нет, вы слышали?!

Брат сказал:

— Честно?!

— Ну да, — отвечаю. — Я же с ним лично разговаривал.

Брат спрашивает:

— А что он конкретно хорошего сказал?

Папа говорит:

— Любая пресса — хорошая пресса.

Не знаю, откуда он это взял. Брат не унимается:

— А что конкретно?

— Ну, — говорю, — сказал, что для студента спорт — огромная нагрузка.

Брат кивает.

— Но зато закаляет характер. И еще сказал, что Пенсильванский университет проводит очень разумную политику спортивного набора. Тут он как раз тебя упомянул.

Брат спрашивает:

— А когда у вас был этот разговор?

— Недели две назад.

Сказал — и оцепенел, потому что припомнил другое. Ведь повстречал я этого обозревателя ночью в парке. И угостил сигаретой. А он пытался меня заклеить. Сижу как каменный, надеюсь, что пронесет. Но нет.

— Где ж ты с ним познакомился, солнышко? — Это мама спросила.

И я превзошел сам себя: изобразил, как будто у меня память отшибло. А в голове проносится: «Так... Его пригласили выступить у нас в школе... нет... сестра ущучит... В „Биг-бое“... он там был с семьей... нет... отец ругаться будет, что я к „бедняге“ приставал со своими глупостями... он это в новостях сказал... но я же сболтнул, что беседовал с ним лично... стоп...»

— В парке, — говорю. — Когда мы с Патриком гулять ходили.

— Он, наверно, с семьей был? — спрашивает папа. — И ты начал приставать к бедняге со своими глупостями?

— Нет, он был один.

На этом и отец, и все остальные успокоились, мне даже врать не пришлось. К счастью, внимание переключилось на маму, которая за праздничным столом всегда говорит одинаково:

— Не пора ли переходить к мороженому?

Все сказали, что пора, кроме моей сестры. Ей, как видно, не давала покоя «студенческая пятнашка».

На другой день я проснулся раньше обычного. Патрик так и не позвонил, Сэм тоже, вообще никто, но я знал, что увижу их на вручении аттестатов, так что особенно не беспокоился. Около десяти утра к нам пожаловала вся родня, в том числе и папины родственники из Огайо. Эти две семейки не особенно ладят, а мы с двоюродными — нормально, потому что нам взрослые разборки по барабану.

Мы устроили раннее застолье с шампанским, и мама, как в прошлом году, когда отмечали выпуск моего брата, налила своему отцу (моему деду) вместо шампанского яблочную газировку, чтобы он не напился и не начал бузить. А он изрек то же самое, что и в прошлом году:

— Недурственное шампанское.

Думаю, он не особо разбирается — он больше пиво пьет. Иногда виски.

Около половины первого застолье окончилось. Всем двоюродным поручили сесть за руль, потому что у взрослых еще не выветрился алкоголь. Трезвым был только мой отец, потому что он все время суетился со взятой напрокат видеокамерой.

— Зачем покупать камеру, если пользуешься ею три раза в год?

Короче, сестра, брат, папа, мама и я расселись по разным машинам, чтобы показывать дорогу. Я оказался с двоюродными братцами из Огайо, те быстро достали косячок и пустили по кругу. Я отказался — настроения не было, а они заладили, как всегда:

— Чарли, ты у нас неженка.

Короче, все машины благополучно въехали на стоянку, и мы выгрузились. Моя сестра закатила скандал кузену Майку, который по дороге опустил стекло, и у нее растрепалась прическа.

— Я же курил, — это он ей.

— Неужели нельзя было десять минут потерпеть?

— Да песня была такая клевая.

Последнее слово осталось за ним.

Пока отец доставал из багажника видеокамеру, брат разговорился с какими-то выпускницами постарше, которые «классно выглядели», а сестра пошла к маме, чтобы взять у нее сумочку. Сумочка непростая: что бы тебе вдруг не понадобилось — в ней всегда это найдется. В детстве я называл ее «аптечка», потому что в ту пору сумочка служила только для этой цели. До сих пор не понимаю, как маме это удается.

Сестра привела себя в порядок и последовала за вереницей академических шапочек на поле, а мы отправились на трибуны. Я оказался между мамой и братом, потому что папа все время отходил, чтобы выбрать оптимальный ракурс. А мама шикала на дедушку, который твердил, что в школе полно черных.

Чтобы только его отвлечь, мама стала рассказывать, что сказал про моего брата известный спортивный обозреватель. Тогда дедушка подозвал моего брата, чтобы с ним побеседовать. Мама поступила очень умно: мой брат — единственный, кто может унять деда, потому что режет ему правду в глаза. Поговорили они о спорте — и что тут началось...

— Господи. Ты посмотри на трибуны. Сплошь черномазые...

Мой брат его живо срезал:

— Ладно, дед. Достал уже. Если будешь нас позорить, я тебя сейчас запихну в машину, отвезу в твою богадельню и ты не увидишь, как твоя внучка будет речь толкать.

Мой брат не церемонился.

— Ишь, умник, сам-то, можно подумать, увидишь.

Деда голыми руками не возьмешь.

— Я-то увижу, отец на видео заснимет. А уж я позабочусь, чтобы мне эту запись показали, а тебе кукиш. Думаешь, слабо?

У деда бывает такая кривая ухмылка. Особенно когда его загоняют в угол. Больше он ничего на этот счет не сказал. Завел речь о футболе и даже ни словом не обмолвился, что мой брат играет в одной команде с черномазыми. Не могу тебе передать, какой кошмар был в прошлом году, когда мой брат стоял вместе со всеми выпускниками на поле, а дед на трибуне вконец распоясался.

Пока они беседовали о футболе, я высматривал Патрика и Сэм, но издали видел только шапочки.

Грянула музыка, и шапочки потянулись в сторону складных стульев, расставленных на поле. Тут я и разглядел Сэм, которая шла следом за Патриком. У меня гора с плеч упала. Я тогда не распознал, какое у нее настроение, но мне было достаточно просто ее видеть и знать, что она близко.

Когда все расселись, музыка смолкла. И мистер Смолл произнес речь насчет того, какой это замечательный выпуск. Упомянул достижения школы, подчеркнул, что администрация возлагает большие надежды на местную благотворительную акцию «Домашняя выпечка», потому что школе необходим новый компьютерный класс. Потом представил старосту, и та тоже произнесла речь. Не знаю, зачем вообще нужны старосты, но девчонка говорила очень достойно.

Потом пришло время выступить пятерым лучшим выпускникам. У нас в школе такая традиция. Моя сестра окончила второй, поэтому выступала она четвертой. Лучший выпускник всегда выступает последним. И только после этого мистер Смолл и наш завуч (Патрик клянется, что он гей) начинают выдавать аттестаты.

Первые три речи были как под копирку. С цитатами о будущем, надерганными из популярных песен. А я смотрел на мамины руки. Она сжимала их все крепче и крепче.

Когда объявили мою сестру, мама расцепила пальцы и захлопала. До чего же приятно было видеть, как моя сестра поднимается на сцену, ведь мой брат окончил где-то двести двадцать третьим и речей не произносил. Может, я, конечно, сужу предвзято, но когда моя сестра процитировала какую-то песню и заговорила о будущем, это было здорово. Мы с братом только переглянулись. И заулыбались. Я посмотрел на маму — она плакала, тихо плакала, да так, что из глаз и из носа текло, и мы с братом с двух сторон взяли ее за руки. Она посмотрела на нас, улыбнулась и заплакала еще сильней. Мы оба, не сговариваясь, положили головы ей на плечи, и от этого она заплакала совсем горько. Или просто перестала сдерживаться. Не знаю. Но она легонько пожала нам ладони, выговорила: «Мальчики мои» — еле слышно и опять в слезы. Как я люблю маму. Может, это звучит слащаво, только мне все равно. Думаю, на свой следующий день рождения куплю ей подарок. И пусть это станет традицией. Парень от всех получает подарки, а сам дарит подарок своей матери, потому что без нее ничего бы не было. Думаю, так будет правильно.

Когда моя сестра закончила свою речь, все захлопали и закричали, а громче всех — мой дедушка. Громче всех.

Что говорила выпускница номер один — точно не помню; правда, цитировала она не поп-музыкантов, а Генри Дэвида Торо.

Затем на сцену поднялся мистер Смолл и попросил всех не аплодировать до тех пор, пока не будут вручены все аттестаты. Кстати, в прошлом году это тоже не сработало.

Короче, моей сестре стали вручать аттестат, и мама опять заплакала. И тут я увидел Мэри-Элизабет. И Элис. И Патрика. И Сэм. Это был знаменательный день. Увидел даже Брэда. И ничего.

Мы все дожидались мою сестру на парковке, и первым бросился ее обнимать дедушка. Он в своем роде честолюбец. Все хвалили речь моей сестры, хотя, может, и неискренне. Потом мы увидели, как через парковку идет мой отец, с торжествующим видом держа над головой камеру. По-моему, никто не обнимал мою сестру дольше, чем папа. Я озирался в поисках Сэм и Патрика, но все напрасно.

На обратном пути кузены из Огайо забили еще один косячок. Я тоже сделал затяжку, но они все равно обзывали меня неженкой. Почему — непонятно. Наверно, у них в Огайо так принято. Равно как и шутками сыпать.

— Угадайте, что это: тридцать две ноги и один зуб.

— Ну, — никто не понял, — что?

— Очередь за пособием по безработице в Западной Виргинии.

Приезжаем мы домой — двоюродные сразу к бару, поскольку окончание школы — это, похоже, единственное событие, когда пить разрешено всем. По крайней мере, и в прошлом году, и в нынешнем было именно так. Интересно, как пройдет мой выпуск. До него еще далеко.

Короче, сестра битый час распаковывала подарки, и улыбка у нее становилась все шире с каждым чеком, свитером и полусотенной купюрой. Родня у нас небогатая, но к таким событиям, видимо, каждый старается подкопить деньжат, чтобы разыграть из себя богача.

Единственными, кто не стал дарить ей деньги или свитера, оказались мы с братом. Брат пообещал в какой-нибудь день проехаться с ней по магазинам, чтобы она выбрала все необходимое для колледжа, мыло там и прочее, а он оплатит, а я купил ей сделанный в Англии маленький раскрашенный домик из резного камня ручной работы. И сказал, что я задумал подарить ей нечто такое, что будет напоминать ей о доме, когда она уедет. Сестра даже поцеловала меня в щеку.

Но самый счастливый миг этого праздника наступил тогда, когда мама тихонько позвала меня к телефону. Я схватил трубку:

— Алло?

— Чарли?

— Сэм!

— Когда, — спрашивает, — тебя ждать?

— Прямо сейчас! — говорю.

А папа, который пил виски с лимонным соком, зарычал:

— До отъезда родственников из дому ни ногой! Кому сказано?

— Ммм... Сэм... придется мне ждать отъезда родственников, — говорю.

— Ничего страшного... Мы здесь пробудем часиков до семи. А потом куда-нибудь завалимся и тебе позвоним.

У Сэм был реально счастливый голос.

— Хорошо, Сэм. Поздравляю!

— Спасибо, Чарли. До скорого.

— До скорого.

И я повесил трубку.

Клянусь тебе, я думал, что родственники никогда не уберутся. Рассказывали какие-то байки. Поедали сосиски в тесте. Разглядывали фотографии, причем после каждой мне говорили: «Когда ты еще был вот таким» — и жестом показывали, каким я был маленьким. У меня было такое ощущение, будто время остановилось. Нет, я ничего не имел против их баек. Да и сосиски в тесте были — пальчики оближешь. Но я хотел одного: увидеть Сэм.

К половине десятого все наелись до отвала, но никто не напился. Без четверти десять завершились прощальные объятия. Без десяти десять подъездная дорожка опустела. Папа дал мне двадцать долларов и ключи от машины со словами:

— Спасибо, что пообщался с родственниками. Для меня это много значило, и для них тоже.

Он был навеселе, но говорил вполне осмысленно.

До этого мне перезвонила Сэм, сказала, что они едут в центр, и назвала какой-то танцевальный клуб.

Короче, загрузил я в багажник подарки для них для всех, сел в машину и поехал. Есть что-то особенное в этом туннеле, ведущем в центр. По ночам он великолепен. Просто великолепен. Въезжаешь туда у подножья горы, оказываешься в темноте, и радио гремит. Ветер куда-то пропадает, и ты щуришься от ярких фонарей. Когда глаза привыкают к свету, вдали начинает маячить конец туннеля, и как раз в этот миг радио глохнет, потому что волны сюда не доходят. А в середине туннеля тебя обволакивает мечтательное спокойствие. Но мало-помалу у тебя нарастает нетерпение. И наконец, когда тебе начинает казаться, что ты никогда не доберешься до выезда, он вдруг оказывается перед тобой. И радио начинает звучать громче, чем тебе помнилось. А ветер поджидает. И ты вылетаешь из туннеля на мост. И вот он перед тобой. Город. Миллион огней и зданий, и это зрелище тебя поражает, как в первый раз. Это по-настоящему триумфальный въезд.

Побродив с полчаса по клубу, я наконец-то заметил Мэри-Элизабет с Питером. Оба пили виски с содовой. Спиртное купил Питер, так как он постарше и ему на руку поставили штамп. Я поздравил Мэри-Элизабет и спросил, куда подевались все наши. Она сказала, что Элис заторчала в женском туалете, а Сэм с Патриком танцуют. Предложила мне посидеть, потому что не знала, в каком они зале. Сел я рядом и стал слушать их дискуссию по поводу кандидатов от демократической партии. Опять мне показалось, будто время остановилось. Мне не терпелось увидеть Сэм. Песни через три появились Сэм и Патрик, мокрые от пота:

— Чарли!

Я вскочил, и мы стали обниматься, как будто полгода не виделись. Оно и понятно, если учесть, сколько всего произошло. Потом Патрик улегся на колени к Питеру и Мэри-Элизабет, как на диван. Взял из рук Мэри-Элизабет стакан и осушил.

— Вот паразит, — только и сказала она.

Мне показалось, Патрик пьян. Хотя в последнее время он завязал, но так умеет придуриваться, что не отличишь.

Тут Сэм схватила меня за руку:

— Обожаю эту песню!

Потащила меня в зал. И начала танцевать. Я тоже. Музыка была быстрая, так что получалось у меня кое-как, но Сэм, похоже, не возражала. Мы просто танцевали, и этого было достаточно. Песня смолкла, и заиграла медленная музыка. Сэм посмотрела на меня. Я посмотрел на нее. Тогда она взяла меня за руки и привлекла к себе для медленного танца. Медленные танцы мне тоже не блестяще удаются, но зато я умею раскачиваться.

От ее шепота веяло водкой и клюквенным соком.

— Я тебя искала на парковке.

Надеюсь, от моего еще веяло зубной пастой.

— Я тебя тоже искал.

Потом до окончания этого танца мы умолкли. Она обняла меня чуть крепче. Я обнял ее чуть крепче. И мы танцевали без перерыва. Единственный раз за весь этот день мне реально захотелось остановить время. И надолго остаться в этом месте.

Из клуба мы поехали на квартиру к Питеру, и там я всем вручил подарки к окончанию школы. Элис получила киноведческую книгу про «Ночь живых мертвецов» и осталась довольна; Мэри-Элизабет получила видеокассету «Моя собачья жизнь», с субтитрами, и пришла в восторг.

Вслед за тем я вручил подарки Патрику и Сэм. Завернутые особым образом. Для этого я использовал воскресные газеты с комиксами, потому что они печатаются в цвете. Патрик бумагу сразу сорвал. А Сэм обертку не повредила. Она аккуратно отлепила клейкую ленту. И они стали разглядывать содержимое своих подарочных коробок.

Патрику достались «В дороге», «Голый завтрак», «Посторонний», «По эту сторону рая», «Питер Пэн» и «Сепаратный мир».

Сэм достались «Убить пересмешника», «Над пропастью во ржи», «Великий Гэтсби», «Гамлет», «Уолден, или Жизнь в лесу» и «Источник».

Под книгами на дне каждой из двух коробок лежала открытка с текстом, напечатанным на пищущей машинке, которую подарила мне Сэм. В открытках говорилось, что это мои самые любимые книги, купленные для Сэм и Патрика, двух моих самых любимых людей на всем свете.

Подняв глаза от своих открыток, они притихли. Никто не улыбался, не плакал, ничего такого. Мы просто были открыты друг для друга. Они знали, что я отвечаю за каждое слово. И я знал, что им не все равно.

— Что там написано? — спросила Мэри-Элизабет.

— Можно, Чарли? — спросил Патрик.

Я кивнул, и они стали читать мои открытки, а я пошел и налил себе в кофейную чашку красного вина.

Когда я вернулся, все взгляды устремились на меня, и я сказал:

— Без вас без всех я буду очень сильно скучать. Надеюсь, студенческая жизнь вам понравится.

И я заплакал, потому что меня как ударило: они все уезжают. Мне кажется, Питер считает меня слегка чокнутым. Короче, Сэм встала и отвела меня в кухню, шепнув на ходу, что «все хорошо». В кухне я немного успокоился.

— Чарли, тебе известно, что я уезжаю через неделю? — спросила Сэм.

— Да. Известно.

— Не вздумай плакать.

— Постараюсь.

— Я хочу, чтобы ты меня выслушал.

— О’кей.

— Мне боязно оказаться в университете одной.

— Правда? — Мне такое как-то не приходило в голову.

— Точно так же, как тебе боязно остаться здесь одному.

— О'кей. — Я кивнул.

— Давай с тобой договоримся. Если мне в универе станет невыносимо, я буду тебе звонить, а если тебе станет невыносимо здесь, ты будешь звонить мне.

— А переписываться мы сможем?

— Конечно, — сказала она.

Тут у меня опять потекли слезы. Меня иногда бросает из крайности в крайность. Но Сэм проявила терпение:

— Чарли, я приеду в конце лета, но давай сейчас не будем об этом думать, давай наслаждаться жизнью — у нас остается еще целая неделя. И мы ее проведем все вместе. О'кей?

Я кивнул и успокоился.

Весь вечер мы, как всегда, поддавали и слушали музыку, но в этот раз мы тусовались у Питера, и это было куда приятней, чем у Крейга, потому что у Питера музыка не в пример лучше. Около часу ночи меня как ударило.

— Господи! — говорю.

— Что такое, Чарли?

— Мне же завтра в школу!

Если бы я даже постарался, то все равно не смог бы рассмешить их сильнее.

Питер отвел меня на кухню и заварил еще кофе, чтобы я немного протрезвел, прежде чем садиться за руль. Выдул я восемь чашек подряд и минут через двадцать был готов ехать. Дома возникла одна проблема: я так перевозбудился от кофе, что не смог заснуть. В школе я буквально умирал. К счастью, все контрольные уже были написаны, и нам целый день крутили фильмы. Тут уж я отоспался от души. И был только рад, потому что без друзей в школе тоскливо.

Сегодня — другая картина: в школе я не спал и вечером не повидался с Патриком и Сэм, потому что у них дома был торжественный семейный ужин. А мой брат ходил на свидание с одной из девушек, которые «классно выглядели» на вручении аттестатов. Сестра валандалась со своим парнем. А мама с папой никак не могли отойти после родственного сбора.

Сегодня мы сдали учебники, и учителя разрешили нам просто посидеть и потрепаться. Я, честно говоря, никого не знал, разве что Сьюзен, но после того случая в коридоре она бежит от меня, как от чумы. Мне даже потрепаться не с кем было. Единственный был хороший урок — углубленный английский, потому что я смог поговорить с Биллом. После урока я еле выдавил положенные слова, но он сказал, что мы расстаемся не навсегда. Я смогу ему летом позвонить, если захочу поговорить или взять что-нибудь почитать, и у меня немного отлегло от сердца.

На перемене этот парень с кривыми зубами, Леонард, начал дразнить меня «любимчиком», но я не стал лезть в бутылку, потому что этот человек, по-моему, где-то недогоняет.

Пообедал я на скамейке во дворе, где мы все вместе раньше курили. Прикончил бисквит и закурил, в надежде, что кто-нибудь стрельнет у меня сигарету, но этого не произошло.

По окончании последнего урока все развеселились и стали договариваться о планах на лето.

И все приводили в порядок свои шкафчики: выгребали ненужные бумажки, конспекты и книги прямо на пол. На подходе к своему шкафчику я увидел тощего парня, который целый год пользовался соседним шкафчиком. Мы с ним за все время даже словом не перекинулись.

Кашлянул я и говорю:

— Привет. Меня зовут Чарли.

А он такой:

— Знаю.

Захлопнул дверцу — и ходу.

Короче, открыл я свой шкафчик, бумажки выгреб, всякий хлам, сложил в рюкзак и зашагал прямо по книгам, бумажкам и конспектам вдоль всего коридора и оттуда на парковку. Сел в автобус. А потом написал тебе это письмо.

На самом деле я рад, что учебный год позади. Хочу успеть со всеми пообщаться, пока они не уехали. Особенно с Сэм.

Между прочим, год я закончил на одни пятерки. Мама была очень горда и поставила мой табель на холодильник.

Счастливо.
Чарли

22 июня 1992 г.

Дорогой друг!

Накануне отъезда Сэм у меня вся прошедшая неделя спуталась в памяти. Сэм разрывалась: она и с нами хотела потусоваться, и должна была собираться в дорогу. Ездила по магазинам. Упаковывала вещи. И все такое.

Мы собирались каждый вечер, после того как Сэм распрощается с очередным дядюшкой, или пообедает с мамой, или сделает необходимые покупки. Она нервничала. Чтобы немного успокоиться и стать прежней Сэм, ей требовалось сделать глоток, если мы в тот вечер выпивали, или затяжку, если мы подкуривали.

Единственное, что реально дало ей заряд бодрости на всю неделю, — это встреча с Крейгом. Она сама изъявила желание с ним пообедать, чтобы, как говорится, «закрыть тему», и я считаю, ей повезло, что он согласился: у Крейга хватило ума сказать, что она совершенно правильно поступила, когда с ним порвала. И что она — необыкновенная. И что он просит прощения и желает ей добра. Нечего сказать, весьма своевременный момент для великодушных признаний.

Можно только порадоваться, что Сэм, по ее словам, не стала расспрашивать его про других девчонок, с которыми он спал, хотя ей и было любопытно. Озлобленности у нее не осталось. Только печаль. Но печаль не безнадежная. Печаль, которая просто требует времени.

Вечером, накануне ее отъезда, мы все собрались у Сэм и Патрика дома. Боб, Элис, Мэри-Элизабет (без Питера) и я. Просто сидели на ковре в «игровой комнате» и вспоминали.

А помните, как на «Рокки Хорроре» Патрик однажды...

а помните, что сделал Боб...

а Чарли...

а Мэри-Элизабет...

а Элис...

а Сэм...

Приватные шутки перестали быть шутками. Они превратились в рассказы. Никто не вспоминал неприятные имена или происшествия. И никто не отмалчивался, потому что мы своими ностальгическими воспоминаниями могли оттянуть наступление завтрашнего дня.

Через некоторое время Мэри-Элизабет, Боб и Элис ушли, пообещав утром вернуться, чтобы проводить Сэм. Остались только я, Патрик и Сэм. Посидели. Помолчали. А потом из нас хлынули наши собственные «а помните».

А помните, как Чарли в первый раз пошел с нами на футбол...

а помните, как Чарли спустил Дейву шины, когда была встреча выпускников...

а помните то стихотворение...

а кассетный сборник...

а «Панк-Рокки» в цвете...

а помните, как мы были бесконечны...

Стоило мне это сказать, как мы все притихли и загрустили. И в наступившей тишине мне вспомнился один случай, о котором я никому и никогда не рассказывал. Пошли мы как-то раз гулять. Втроем. Я шел посредине. Куда мы брели, откуда — напрочь вылетело из головы. Не помню даже, какое было время года. Помню только, что я шагал между ними и впервые в жизни ощущал, что нашел для себя место.

В конце концов Патрик поднялся на ноги:

— Ребята, я устал. Спокойной ночи.

Взъерошил нам волосы и ушел к себе в комнату. Сэм повернулась ко мне:

— Чарли, мне осталось упаковать кое-какие вещички. Ты еще со мной побудешь?

Я кивнул, и мы пошли наверх.

В комнате у нее многое изменилось с того дня, когда Сэм меня поцеловала. Картинки были сняты, ящики пусты, вещи свалены огромной кипой на кровати. Я приказал себе ни за что не плакать, чтобы не расстраивать Сэм, — ее и без того трясло как в лихорадке.

Короче, стал я наблюдать за ее сборами, чтобы сохранить в памяти все до мельчайших подробностей. Ее длинные волосы, тонкие запястья, зеленые глаза. Мне хотелось запомнить все. Особенно ее голос.

Сэм много говорила, чтобы как-то себя успокоить. Говорила, что завтра им предстоит дальняя дорога, что предки взяли напрокат микроавтобус. Гадала, как будут проходить занятия и какую впоследствии выбрать «специализацию». Сказала, что в женский клуб вступать не собирается, зато на футбол будет ходить непременно.

Настроение у нее падало. В конце концов она обернулась:

— Почему ты ни разу меня никуда не позвал после той заварухи с Крейгом?

Я как сидел, так и застыл. Не знал, что ответить. А она продолжала, совсем тихо:

— Чарли... после того случая с Мэри-Элизабет, после нашего танца в клубе, после всего...

Ну не знал я, что ей ответить. Честно. Растерялся.

— Хорошо, Чарли... я облегчу тебе задачу. Когда произошла заваруха с Крейгом, что ты подумал?

Она и в самом деле хотела это выяснить.

Я сказал:

— Ну, я много чего передумал. Но главное — что твои переживания означают для меня куда больше, чем твой разрыв с Крейгом. И если даже я никогда не смогу допускать о тебе никаких таких мыслей — пускай, лишь бы ты была счастлива. В тот день я понял, что люблю тебя по-настоящему.

Она опустилась на пол рядом со мной. И заговорила очень тихо.

— Чарли, как ты не понимаешь? У меня нет таких чувств. Все это мне дорого и так далее, но ты иногда словно где-то далеко. Прекрасно, что ты можешь выслушать другого человека, подставить плечо, но что, если другому человеку плечо не нужно? Что, если ему, например, нужны руки? Нельзя же все время поднимать чужую жизнь выше своей и считать, что это любовь. Так нельзя. Надо действовать.

— Как действовать? — спросил я. У меня пересохло во рту. — Ну, не знаю. Взять за руки, когда начнется медленная песня. Самому назначить свидание. Откровенно сказать другому, что тебе необходимо. Чего тебе хочется. Вот тогда, в клубе, тебе хотелось меня поцеловать?

— Да, — сказал я.

— Почему же ты этого не сделал?

Она спрашивала всерьез.

— Потому что не был уверен, что ты этого хочешь.

— Да почему же?

— Из-за того, что ты мне сказала.

— Из-за того, что я тебе сказала девять месяцев назад? Чтобы ты не допускал обо мне никаких таких мыслей?

Я кивнул.

— Чарли, я ведь тебе точно так же говорила, чтобы ты не делал Мэри-Элизабет комплиментов по поводу ее внешности. Чтобы задавал ей побольше вопросов и не перебивал. Но сейчас она с парнем, который ведет себя ровно наоборот. У них потому все и срослось, что Питер именно таков. Он всегда остается самими собой. И действует.

— Но мне совершенно не нравится Мэри-Элизабет.

— Чарли, не о том же речь. Речь о том, что ты, как мне кажется, не смог бы вести себя иначе, даже если бы тебе понравилась Мэри-Элизабет. Или вот, например, ты пришел на помощь Патрику и покалечил двух парней, которые хотели покалечить его, но как насчет тех случаев, когда Патрик сам себя калечил? Помнишь, как вы с ним ходили в парк? Как он тебя целовал? Тебе было приятно, когда он тебя целовал?

Я помотал головой — нет.

— Так почему же ты ему не сказал?

— Я хотел поддержать его как друг.

— А получилось совсем наоборот, Чарли. Во всех этих случаях ты не был ему другом. Потому что ты не был с ним честен.

Я замер. Уставился в пол. Молчал. Сгорал со стыда.

— Чарли, по этой причине и я сказала тебе девять месяцев назад, чтобы ты не допускал обо мне никаких таких мыслей. А вовсе не из-за Крейга. Вовсе не потому, что ты был мне неприятен. Просто я не хочу, чтобы меня боготворили. Если я кому-то нравлюсь, мне хочется, чтобы этот человек принимал меня такой, какова я на самом деле. Я не хочу, чтобы он носился со своими чувствами, держа их в себе. Я хочу, чтобы он мне их открывал, чтобы я тоже их прочувствовала. Я хочу, чтобы рядом со мной человек мог вести себя так, как ему хочется. А если он начнет делать что-нибудь такое, что мне неприятно, я ему честно скажу.

Она чуть-чуть всплакнула. Но не приуныла.

— Я ведь осуждала Крейга, когда он не позволял мне делать некоторые вещи. А знаешь, как я себя теперь за это кляну? Может, он меня не подбивал на какие-то поступки, но и не мешал мне. Но по прошествии времени я все равно не совершала тех поступков, так как не хотела, чтобы он изменил свое мнение обо мне. И что главное: я не была с ним честной. Так не все ли равно, любил он меня или нет, если он меня даже не знал?

Я поднял на нее глаза. Она больше не плакала.

— Короче, завтра я уезжаю. И больше такого не допущу. Я собираюсь делать то, что захочу. Собираюсь быть собой. Собираюсь понять, что это означает. Но сейчас, в этот миг, я здесь, с тобой. И я хочу знать, где ты, что тебе необходимо и чего тебе хочется.

Она терпеливо дожидалась моего ответа. Но из ее слов я сделал вывод, что должен просто-напросто делать что хочу. И не размышлять. Не проговаривать вслух. А если ей не понравится, она мне скажет, вот и все. И можно будет вернуться к сборам в дорогу. Короче, я ее поцеловал. И она ответила на мой поцелуй. А потом мы, не переставая целоваться, легли на пол. И мне было мягко. И мы тихо постанывали. И молчали. И замирали. А потом перебрались на кровать и легли поверх этой кипы вещей, ждавших отправки в чемодан. И ласкали друг друга от пояса и выше через одежду. А потом без одежды. И это было так прекрасно. До чего же она была прекрасна. Она взяла мою руку и притянула к своим трусикам. И я касался ее. И сам себе не верил. И мир как будто наполнился смыслом. А потом ее рука скользнула мне в джинсы и коснулась меня.

Тут я ее остановил.

— Что не так? — спросила она. — Я сделала тебе больно?

Я покачал головой. На самом деле мне было очень хорошо. Я и сам не знал, что не так.

— Прости. Я не хотела...

— Нет. Не извиняйся, — сказал я.

— Но мне стыдно.

— Пожалуйста, не стыдись. Мне было очень хорошо, — сказал я. И начал терять равновесие.

— Ты не готов? — спросила она.

Я кивнул. Но дело было не в этом. А в чем — я и сам не знал.

— Если ты не готов — ничего страшного.

Она была со мной очень добра, но на меня что-то нашло.

— Чарли, ты хочешь домой? — спросила она.

Наверно, я кивнул, потому что она помогла мне одеться. А потом и сама надела блузку. Мне хотелось отпинать себя ногами за то, что я такой размазня. Ведь я любил Сэм. И оказался с ней наедине. А теперь сам все рушил. Просто рушил. Вот жуть. Мне стало жутко плохо.

Сэм вывела меня в прихожую.

— Подвезти тебя? — спросила она.

Я приехал к ней на отцовской машине. И был совершенно трезв. Но Сэм не на шутку забеспокоилась.

— Нет, спасибо.

— Чарли, я не позволю тебе сесть за руль в таком состоянии.

— Прости. Тогда я пойду пешком, — сказал я.

— Сейчас два часа ночи. Я тебя отвезу.

Она пошла в другую комнату за ключами от машины. Я остался стоять в прихожей. Мне хотелось умереть.

— Ты бледный как полотно, Чарли. Принести тебе воды?

— Нет. Не знаю.

У меня хлынули слезы.

— Ну-ка. Приляг вот сюда, на диван, — сказала она.

Уложила она меня на диван. Принесла влажное полотенце, положила мне на лоб.

— Переночуешь сегодня здесь. О'кей?

— О'кей.

— Успокойся. Дыши глубже.

Я так и сделал. И прежде чем провалиться в сон, успел сказать:

— Я больше так не могу. Прости.

— Все хорошо, Чарли. Спи, — сказала Сэм.

Но я уже разговаривал не с ней. Я разговаривал с кем-то другим.

Мне приснился такой сон. Мои брат с сестрой и я смотрели телевизор вместе с тетей Хелен. Как в замедленной съемке. Звук тянулся густой струей. И тетя Хелен делала то, что сейчас сделала Сэм. Тут я проснулся. И не понял, что за чертовщина со мной происходит. Надо мной стояли Сэм и Патрик. Патрик звал меня завтракать. Кажется, я кивнул. Сели мы за стол вместе с их родителями. На Сэм лица не было. А Патрик — ничего, нормально. Позавтракали яичницей с беконом. Поболтали о том о сем. Не знаю, зачем я тебе рассказываю про эту яичницу с беконом. Какое это имеет значение? Ровным счетом никакого. Пришла Мэри-Элизабет, а за ней подтянулись и все остальные. Мама Сэм тем временем проверила все по второму разу, и мы вышли на подъездную дорожку. Родители Сэм и Патрика сели в микроавтобус. Патрик сел за руль пикапа Сэм и объявил, что через пару дней примчится обратно. Затем Сэм со всеми по очереди обнялась и распрощалась. Поскольку она собиралась еще наведаться домой в конце лета, расставание было легким, не «прощай», а «пока-пока».

Я оказался последним. Сэм долго не разжимала объятия. Наконец она зашептала мне на ухо.

И наговорила массу нежных слов про то, что ничего страшного, если я вчера был не готов, и как она будет по мне скучать, и чтобы я себя поберег, пока ее не будет.

— Ты — мой лучший друг, — только и выдавил я в ответ.

Она улыбнулась и поцеловала меня в щеку, и на миг все плохое, что осталось от прошлой ночи, будто исчезло. Но вышло почему-то ближе к «прощай», а не «пока-пока». Что важно: я не проронил ни слезинки. А что я чувствовал — сам не знаю.

В конце концов Сэм села в свой пикап, и Патрик включил зажигание. И зазвучала классная песня. И все заулыбались. В том числе и я. Но меня уже там не было.

Только когда машины скрылись из виду, я вернулся на землю, и все плохое нахлынуло вновь. Только на этот раз с удвоенной силой. Мэри-Элизабет и все прочие плакали и спрашивали, не хочу ли я пойти с ними в «Биг-бой» или куда-нибудь еще. Я сказал: нет. Спасибо. Мне домой надо.

— Чарли, все в порядке? — спросила Мэри-Элизабет. Наверно, видок у меня был не ахти, потому что она смотрела на меня в тревоге.

— Да, все нормально. Я просто устал, — соврал я.

Сел в отцовскую машину и уехал. И слушал, как гремят все эти песни, только радио молчало. А свернув на нашу подъездную дорожку, я, кажется, оставил включенным двигатель. Направился прямиком в гостиную и рухнул на диван перед телевизором. Стал смотреть передачи одну за другой, но телевизор был выключен.

Не знаю, что со мной не так. Похоже, меня хватает только на то, чтобы писать эту белиберду, а иначе я бы просто развалился на части. Сэм уехала. Патрика несколько дней не будет. Я бы не смог сейчас общаться ни с Мэри-Элизабет, ни с братом, ни с кем из родных. Разве что с тетей Хелен. Но ее нет в живых. Впрочем, будь она жива, я бы вряд ли с ней заговорил. Потому что все, что привиделось мне прошлой ночью, теперь кажется правдой. И вопросы психиатра не были такими уж нелепыми.

Непонятно, как быть. Я знаю, есть люди, которым гораздо хуже. Знать-то знаю, но все равно непрошеные мысли лезут в голову, и мне все время думается, что тот мальчонка, которому мать купила в торговом центре картофель фри, вырастет и ударит мою сестру. Я бы все отдал, чтобы только об этом не думать. Знаю, у меня мысли опять несутся слишком быстро, и от этого в голове какой-то транс. Но от него не отделаться, а сам он не уходит. Я так и вижу: этот негодяй раз за разом бьет мою сестру и не останавливается, а я хочу его образумить, потому что он это не со зла, но он не слушает никаких доводов, а я не знаю, как быть.

Прости, нужно это дело заканчивать.

Но сначала хочу поблагодарить тебя за то, что ты способен выслушать и понять и не пытаешься перепихнуться с кем попало, хотя мог бы. Я серьезно. Извини, что загружал тебя такими вещами, хотя ты даже не знаешь, кто я такой, и мы с тобой лично не встречались, а я не могу себя назвать, поскольку обещал хранить все эти маленькие тайны. Не думай, что я выудил твое имя наобум из телефонного справочника. Я не переживу, если ты такое подумаешь. Короче, пожалуйста, верь мне: после смерти Майкла, когда мне было жутко фигово, я увидел в классе одну девочку, которая сплетничала о тебе с подружкой, не замечая меня. И хотя я тебя не знал, мне показалось, что мы с тобой близко знакомы, потому что ты, как мне показалось, очень хороший человек. Такой человек, который не против получать письма от какого-то школьника. Который понимает, насколько письма лучше дневника, потому что предполагают общность, да к тому же дневник кто-нибудь может найти. Не хочу, чтобы ты обо мне тревожился, или вспоминал, где мы могли встречаться, или тратил на меня свое время. Извини, я и так отнял у тебя уйму времени, потому что ты для меня очень много значишь, и я надеюсь, что твоя жизнь сложится счастливо, потому что на самом деле считаю, что ты этого достоин. Честно. Надеюсь, ты и сам так считаешь. Ну ладно. Прощай.

Счастливо.
Чарли

ЭПИЛОГ

23 августа 1992 г.

Дорогой друг!

Два месяца я провел в клинике. Только вчера выписался. По словам врача, родители нашли меня в гостиной, когда я, совершенно голый, сидел на диване и смотрел выключенный телевизор. Я молчал и ни на что не реагировал, так они сказали. Отец даже отхлопал меня по щекам, чтобы вывести из этого состояния, хотя он, как я уже тебе говорил, никогда не поднимает на нас руку. Но и это не помогло. Короче, доставили они меня в ту самую клинику, где я уже побывал в семь лет, когда умерла тетя Хелен. Говорят, я целую неделю молчал и никого не узнавал. Даже Патрика, который, судя по всему, меня навещал. Страшно подумать, что со мной было.

Помню только, как бросил письмо в почтовый ящик. А потом раз — и оказался во врачебном кабинете. И стал вспоминать тетю Хелен. И заплакал. Тогда доктор — очень приятная, кстати, женщина — стала задавать мне вопросы. А я — отвечать.

Об этих вопросах и ответах рассказывать неохота. Но по некоторым признакам я понял: все, что пригрезилось мне насчет тети Хелен, было правдой. А еще через некоторое время до меня дошло, что это происходило каждую субботу, когда мы смотрели телевизор.

Хуже всего в клинике было первые несколько недель.

Самое гнусное было — сидеть в кабинете и слушать, как врач рассказывает моим предкам, что произошло на самом деле. Я никогда не видел, чтобы мама так плакала. И чтобы отец так злился. Потому что они в свое время это дело прохлопали.

Но потом доктор помогла мне разобраться во многих вопросах. В том числе и касающихся тети Хелен. И нашей семьи. И моих друзей. И меня самого. Для этого требуется пройти множество стадий, и на каждой из них она себя проявила наилучшим образом.

Но больше всего помогло то, что ко мне стали пускать посетителей. Мои родные, включая брата и сестру, бывали у меня в каждый впускной день, пока брат не вернулся в универ, чтобы играть в футбол. После этого они стали приходить без него, а брат присылал открытки. Кстати, в последней он сообщает, что прочел мое сочинение по «Уолдену» и оно ему очень понравилось, отчего я несказанно обрадовался. Прямо как в тот день, когда меня впервые навестил Патрик. Что в нем самое классное: даже когда ты лежишь в клинике, он совершенно не меняется. Знай себе прикалывается, чтобы тебя развеселить, а не спрашивает, как ты дошел до такой жизни. Он даже принес мне письмо от Сэм: она пишет, что приедет в конце августа, и если я к тому времени оклемаюсь, они с Патриком опять прокатят меня через туннель. И я, если захочу, смогу перебраться в кузов и встать в полный рост. От таких вещей идешь на поправку быстрее всего.

Получать письма тоже было неплохо. Дед прислал мне очень теплое письмо. И двоюродная бабушка. И родная бабушка, и двоюродный дедушка Фил. А тетя Ребекка прислала букет цветов с открыткой, подписанной всеми моими двоюродными из Огайо. Приятно было знать, что все они обо мне думают, а еще было приятно, когда Патрик привел ко мне Мэри-Элизабет, и Элис, и Боба — всех. Даже Питера и Крейга. Сдается мне, они снова в друзьях. Я этому порадовался. Как порадовался и тому, что Мэри-Элизабет говорила одна за всех. Как будто ничего не произошло. Мэри-Элизабет задержалась подольше. Я был очень доволен, что мне выдалась возможность потрепаться с ней наедине перед ее отъездом в Беркли. А еще больше я был доволен, когда две недели назад меня пришел навестить Билл со своей девушкой. В ноябре у них свадьба, и они меня пригласили. Хорошо, когда есть чего ждать.

А когда я почувствовал, что все наладится, — это в тот раз, когда брат с сестрой остались после ухода родителей. Дело было в июле. Они засыпали меня вопросами насчет тети Хелен, потому что с ними, насколько я понял, ничего похожего не происходило. И мой брат совсем расстроился. А сестра пришла в бешенство. Вот тогда-то мрак начал рассеиваться, потому что ненавидеть больше было некого.

То есть я что хочу сказать: смотрел я на брата с сестрой и думал, что они, возможно, когда-нибудь станут дядей и тетей, точно так же, как и я, видимо, стану дядей. Ведь мама с тетей Хелен были родными сестрами.

И все мы сможем сесть в кружок, и недоуме-
вать, и сокрушаться, и ругать других за то, что
они сделали, или не сделали, или прохлопали.
Не знаю. Наверно, всегда можно найти виноватых. Может, если бы мой дед не избил тогда маму, она бы не была такой молчуньей. И не вышла бы замуж за папу лишь из-за того, что он не
дерется. И я бы тогда не родился. Но я очень рад,
что появился на свет, так что ничего определенного по этим вопросам сказать не могу, тем более что мама, похоже, довольна, как сложилась
ее жизнь, а что еще нужно? Не знаю.

Если бы я вздумал обвинять тетю Хелен, пришлось бы обвинить ее отца, который ее избил, и
друга семьи, который баловался с ней в раннем
детстве. И того человека, который баловался с
ним. И Господа Бога, который допустил такие
вещи и еще кое-что похуже. Я некоторое время
так и поступал, но потом одумался. Потому что
это никуда не приведет. Потому что не это главное.

Я стал таким не потому, что у меня были
какие-то сны и воспоминания о моей тете Хелен.
До этого я дошел, когда все улеглось. Но знать
это, я считаю, очень важно. Для меня многое
прояснилось, теперь все концы сходятся. Не пойми превратно. Я не отрицаю влияния того, что
произошло. И мне необходимо было это вспомнить. Но как тут не вспомнить историю, расска-
занную мне доктором. Жили-были два брата, и
отец их был горьким пьяницей. Старший брат
стал мастеровым и за всю жизнь не взял в рот
ни капли. Младший брат спился, подобно отцу.
Когда старшего брата спросили, почему он не
пьет, он ответил, что никогда не мог заставить

себя даже пригубить спиртное, поскольку видел, что оно сделало с его отцом. Когда вопрос задали младшему брату, он ответил, что к спиртному пристрастился с детства, сидя у отца на коленях. Так что мы, я считаю, становимся такими, как есть, в силу множества причин. И вероятно, большую часть из них никогда не узнаем. Но если не в нашей власти выбирать, откуда мы пришли, то уж куда двигаться, мы выбираем сами. Мы в любом случае способны на многое. И можем постараться смотреть на вещи позитивно.

Думаю, если у меня когда-нибудь будут дети и у них случатся неприятности, я не стану им вкручивать, что в Китае люди голодают или что-нибудь в этом роде, потому что это обстоятельство ничего не изменит. И даже если другому человеку гораздо хуже, чем тебе, это никак не меняет того факта, что ты имеешь то, что имеешь. И хорошее, и плохое. Вот, например, что сказала моя сестра, когда я уже не одну неделю провалялся в клинике. Она сказала, что ужасно страшится отъезда в колледж, но, учитывая то, что выпало на мою долю, чувствует себя полной идиоткой со своими страхами. Не знаю, почему она должна чувствовать себя идиоткой. Я бы тоже мандражировал. И кстати, понятия не имею, больше, чем она, или меньше. Не знаю. Просто по-другому. Может, и неплохо иногда увидеть вещи в истинном свете, но я считаю, в истинном свете — это там, где ты. Как сказала Сэм, в чувствах ничего плохого нет. В этом вопросе нужно всего лишь быть самим собой.

Вчера после выписки мама отвезла меня домой. Дело было во второй половине дня, и она спросила, не проголодался ли я, и я сказал, что да, проголодался. Тогда она спросила, чего бы мне хотелось, и я попросил ее отвезти меня в «Макдональдс», как мы с ней делали, когда я в детстве болел и не ходил в школу. Короче, туда мы и поехали. И так здорово было сидеть рядом с мамой и есть картофель фри. А вечером мы ужинали всей семьей, как обычно. И это было самое невероятное. Жизнь продолжалась. Мы не говорили ни о радостях, ни о гадостях. Мы просто были вместе. И этого было достаточно.

Сегодня отец ушел на работу. А мама повезла нас с сестрой по магазинам, чтобы докупить последние мелочи к предстоящему отъезду сестры. Когда мы вернулись, я позвонил Патрику, потому что, по его словам, Сэм как раз в это время должна была приехать домой. На звонок ответила Сэм. До чего же приятно было слышать ее голос.

Вскоре они прикатили на пикапе. И мы, как всегда, поехали в «Биг-бой». Сэм рассказывала про свое житье в кампусе, и рассказ получился очень увлекательный. А я рассказал ей про свое житье в клинике, и рассказ получился совсем не увлекательный. А Патрик только откалывал шутки, чтобы все и дальше были честны. Потом мы опять загрузились в пикап и, как Сэм и обещала, поехали к туннелю.

Примерно за полмили Сэм притормозила, и я перебрался в кузов. Патрик врубил радио на полную мощность, чтобы мне тоже было слышно. Мы приближались к туннелю, я слушал музыку и припоминал, что говорили мне люди за прошедший год. Вспомнил, как Билл сказал, что я необыкновенный. Как сестра сказала, что меня любит. И мама тоже. И даже папа с братом, когда навещали меня в клинике. Я вспомнил, как Патрик назвал меня своим другом. И как Сэм говорила мне, что нужно действовать. И не устраняться. И мне подумалось: как здорово иметь друзей и родных.

При въезде в туннель я поднял руки, как будто взлетел. Подставил лицо ветру. И заплакал и заулыбался одновременно. Потому что не мог отделаться от любви к тете Хелен, которая покупала мне сразу два подарка. И хотел, чтобы подарок, который я сделаю маме в свой день рождения, был по-настоящему особенным. И желал, чтобы мои брат с сестрой, и Сэм, и Патрик, и все-все-все были счастливы.

Но главным образом я плакал потому, что вдруг осознал: я стою в этом туннеле, подставив лицо ветру. И не стремлюсь поскорее увидеть город. Вообще об этом не думаю. Потому что я стоял в туннеле, вытянувшись в полный рост. И находился именно там. И этого было достаточно, чтобы ощутить свою бесконечность.

Завтра я иду в десятый класс. Веришь, нет, меня это не так уж страшит. Не знаю, останется ли у меня время писать письма, — возможно, я буду слишком занят «погружением».

Короче, если это письмо окажется последним, прошу тебя не сомневаться, что у меня все хорошо, а если не совсем, то скоро наладится. А я буду точно то же самое думать о тебе.

Счастливо.

Чарли

Примечания

С. 20. *«Убить пересмешника»* (1960) — роман американской писательницы Харпер Ли. В 1961 году получил Пулицеровскую премию. Его изучают приблизительно в 80% американских школ. Среди главных персонажей романа — подросток Джем, познающий далеко не безмятежный мир взрослых.

С. 29. *«Субботним вечером в прямом эфире»* — популярное ночное комедийное телешоу, выходит с 1975 года. Удостоено 36 премий «Грэмми».

С. 30. *«Чертова служба в госпитале МЭШ»* — американский телесериал, выходивший в эфир с 1972 по 1983 год и основанный на одноименном кинофильме Роберта Олтмена (*M.A.S.H.*, 1970), черная комедия. Главный персонаж, Бенджамин Пирс, воспринимает войну как чудовищное преступление и величайшую трагедию; в последней серии эти переживания приводят его в психиатрическое отделение сеульского военного госпиталя.

С. 35. *«По эту сторону рая»* (1920) — классический роман Фрэнсиса Скотта Фицджеральда. Главный герой, Эмори Блейн, в школе сталкивается с негативным отношением со стороны сверстников, чувствует себя глубоко несчастным и брошенным. Одна из кульминационных сцен первой части романа — разговор с преподавателем, который вызвал его к себе, чтобы рассказать, каким эгоистом его считают одноклассники.

С. 46. *«Питер Пэн»* (полное название — «Питер Пэн и Венди», 1911) — одно из популярнейших произведений детской литературы, повесть из серии произведений о Питере Пэне шотландского писателя сэра Джеймса Барри. Питер Пэн — мальчик, который не хочет взрослеть. Он вечно остается юным; у него сохраняются молочные зубы. Он сбежал из дома по дымоходу и улетел в Кенсингтонский сад, где познакомился с феями. Позже он жил на острове Нетинебудет (Neverland) в компании пропавших мальчиков — тех, которые потерялись в Кенсингтонском саду.

С. 47. *Начос* — популярная закуска мексиканской кухни, представляющая собой чипсы из тортильи с различными топпингами.

С. 67. *«Шоу ужасов Рокки Хоррора»* (1975) — культовый фильм режиссера Джима Шармана; в ролях Джим Карри, Сьюзен Сарандон и др. По сюжету фильма пара новобрачных ночью сбивается с дороги и в поисках телефона стучится в старый дом, где обитает безумный ученый, доктор Франк-н-Фуртер. Он знакомит новобрачных со своим созданием по имени Рокки Хоррор, открывает им мир извращенных наслаждений и в конце концов совращает обоих. Ночной показ этого фильма в США и некоторых странах Европы сопровождается активным участием соответственно одетых зрителей, которые приносят с собой предметы, символизирующие того или иного героя, хором предвосхищают реплики персонажей, обливаются водой, танцуют, а «девственники» (то есть зрители, впервые участвующие в полуночных вакханалиях) приветствуются всей публикой и проходят своеобразный «обряд посвящения».

С. 73. *SAT* — в США единый экзамен на определение академических способностей; по результатам SAT осуществляется зачисление в высшие учебные заведения.

С. 87. *«Великий Гэтсби»* (1925) — роман Фрэнсиса Скотта Фицджеральда. Считается, что великим своего героя Фицджеральд назвал потому, что таким образом хотел показать ироничное отношение к нему: с одной стороны, Гэтсби — человек явно незаурядный, с большими способностями и неукротимой жизненной энергией, но с другой стороны, он растратил себя в погоне за ложными ценностями — богатством, недалекой и избалованной женщиной.

«Сепаратный мир» (1959) — роман американского писателя Джона Ноулза. Входит в обязательную школьную программу в США. Действие романа происходит в элитном американском интернате, действующие лица — юноши предпризывного возраста в 1943 году.

ПРИМЕЧАНИЯ

С. 89. ...«Мэр улицы Кастро». Про человека по имени Харви Милк, который возглавлял гей-движение в Сан-Франциско. — «Мэр улицы Кастро» (1982) — основанный на реальных фактах роман Рэнди Шилтса, биографа Харви Милка.

С. 103. «Эта замечательная жизнь» (1946) — мелодрама американского режиссера Фрэнка Капры.

С. 112. ...«Уолден» Генри Дэвида Торо. — «Уолден, или Жизнь в лесу» (1854) — главная книга американского поэта и мыслителя Генри Дэвида Торо. Весной 1845 года 27-летний автор, проникнувшись трансценденталистскими идеями Эмерсона, решил поставить эксперимент по изоляции от общества и сосредоточении на самом себе и своих нуждах. Он поселился на окраине Конкорда (штат Массачусетс) в построенной им самим хижине на берегу Уолденского пруда. Все необходимое для жизни он обеспечивал самостоятельно, проводя большую часть времени за огородничеством, рыбалкой, чтением классиков, плаванием и греблей. В уединении Торо провел два года, два месяца и два дня. При этом он не прятался от людей и регулярно общался с жителями Конкорда, в том числе и с самим владельцем пруда — Эмерсоном. Книга делится на 18 эссе, а также включает классическую поэму и фрагменты стихов самого Торо.

С. 138. «В дороге» (также «На дороге») (1951) — роман американского писателя Джека Керуака, важнейший образец литературы бит-поколения. В основу романа положены автомобильные путешествия Керуака и его друга Нила Кэссиди с одного конца континента в другой; по пути они употребляли алкоголь и наркотики, упиваясь звуками джаза, раздававшимися из радиоприемника. Во время этих странствий Керуак неустанно записывал их приключения. Множество этих дневниковых записей, позже изданных отдельными книгами, слово в слово были перенесены на страницы романа «В дороге».

С. 145. «Учи ради Америки» — общественная организация, которая отбирает волонтеров-старшекурсников лучших колледжей и проводит для них пятинедельные тренинги, после чего они должны отработать не менее двух лет в слабо успевающих классах школ.

ПРИМЕЧАНИЯ

«Голый завтрак» (1959) — роман американского писателя Уильяма Берроуза. В ряде европейских стран и на территории США книга находилась под запретом из-за обильного использования этически сниженной лексики, откровенной гомосексуальной направленности, сцен педофилии и детоубийств. Свободному распространению романа в США предшествовали два громких судебных процесса, в ходе которых в защиту «Голого завтрака» выступили известные писатели и поэты. Итогом слушаний стало снятие с романа всех обвинений в непристойности. Завершившееся в 1966 году судебное разбирательство стало последним в истории США процессом, на котором рассматривалась возможность цензурного запрета на публикацию книги. «Голый завтрак» традиционно считается этапным произведением американской литературы XX века и одной из ключевых книг бит-поколения, наравне с романом «В дороге» Дж. Керуака.

«Гомер Пайл» (1964) — популярный комедийный сериал.

С. 148. *«Продюсеры»* (также «Весна для Гитлера», 1968) — кинокомедия режиссера Мела Брукса. В 2005 году режиссер С. Строман создала римейк этого фильма с участием Умы Турман и других голливудских звезд.

С. 153. *«Красные»* (1981) — фильм американского режиссера Уоррена Битти, сюжетную основу которого составляет биография радикального журналиста Джона Рида (актер Джек Николсон). Джон Рид знакомится с замужней женщиной, журналисткой Луизой Брайант, которая бросает ради него своего мужа. Они уезжают в Россию в период Октябрьской революции (впечатлениям от этого события посвящена известная книга Джона Рида «Десять дней, которые потрясли мир»), вдохновляются решимостью большевиков и возвращаются в США, надеясь устроить революцию в своей стране.

...автобиография той женщины, которая выведена в фильме «Красные». — Книга «Проживая свою жизнь» (1931), написанная Эммой Голдман (1869–1949), получившей прозвище Красная Эмма. Э. Голдман сыграла ключевую роль в становлении политической идеологии анархизма в Северной Америке и Европе в первой половине XX ве-

ка. Была хорошо знакома с Джоном Ридом и Луизой Брайант. Встречалась с Лениным и Кропоткиным, но не приняла их идеи. В своих речах и сочинениях высказывалась против института брака, призывая женщин к «раскрепощенности».

С. 177. *Мэри-Элизабет притащила в школу сборник стихов знаменитого поэта э. э. каммингса. А предыстория была такова: она посмотрела фильм, где речь шла о том стихотворении, в котором женские руки сравниваются с цветами и дождем.* — Эдвард Эстлин Каммингс (1894–1962) — американский поэт-модернист, художник, драматург, прославившийся радикальными экспериментами с поэтической формой. Здесь имеется в виду стихотворение, известное под названием «Small Hands» («Маленькие руки»), из сборника «W» [«ViVa»] (1931), которое цитировалось героиней Барбары Херши в фильме Вуди Аллена «Ханна и ее сестры» (1986).

С. 193. *Мэри Тайлер Мур* (р. 1936) — американская певица, комедийная актриса, продюсер, лауреат множества престижных премий, звезда популярнейшего телевизионного сериала «Шоу Мэри Тайлер Мур». Никогда не скрывала от публики свои недуги и борьбу с ними (диабет, алкоголизм, доброкачественные опухоли мозга). Стала одной из первых женщин, которая сама продюсировала телешоу и фильмы, открыв в 1969 году собственную компанию, названную в ее честь: «MTM Enterprises».

С. 197. *«Посторонний»* (1942) — повесть французского писателя Альбера Камю о жизни Мерсо — француза, проживающего в Алжире. Сюжетную основу повести составляют три ключевых события из жизни Мерсо: смерть матери, убийство человека и суд. Кульминацией повести является суд над Мерсо, когда присяжные, вопреки тому, что судят его за убийство, главным доводом обвинения ставят то, что Мерсо не плакал на похоронах своей матери, а следовательно, сам не достоин жить.

С. 218. *«Выпускник»* (1967) — комедийный «фильм воспитания» американского режиссера Майка Николса с Дастином Хоффманом в главной роли. Огромный успех «Выпускника» у молодежной аудитории подтолкнул Голливуд к исследованию прежде табуированных тем.

«Гарольд и Мод» (1971) — культовая черная кинокомедия американского режиссера Хэла Эшби. Главный герой, Гарольд Чейзен, знакомится с Мод, немолодой хиппующей женщиной, увлеченной жизнью во всех ее проявлениях. Вместе они проходят через целую серию необычных приключений, в результате чего Мод удается разобраться наконец в жизни Гарольда, чего до сих пор не удавалось ни одному даже самому лучшему психоаналитику. Мод становится самым близким для Гарольда человеком — он в нее влюбляется и, несмотря на огромную разницу в возрасте, собирается предложить ей руку и сердце. Однако он не знает, что Мод уже приняла решение — уйти из жизни сознательно, пока ее тело окончательно не сковала старость.

«Моя собачья жизнь» (1985) — художественный фильм, снятый шведским режиссером Лассе Халльстрёмом по одноименному роману Рейдара Йёнссона. Награжден премией «Золотой глобус» в категории «Лучший фильм на иностранном языке» (1987). Действие фильма происходит в Швеции конца 1950-х годов. Мать подростка Ингемара страдает тяжелым заболеванием. Отец работает по контракту за границей, а старший брат не намного старше Ингемара. Дядя взял его к себе на лето, и мальчик открыл для себя новый мир, так не похожий на его прежнюю городскую жизнь. После смерти матери повзрослевший Ингемар возвращается в деревню — к тем людям, что стали ему близки.

«Общество мертвых поэтов» (1989) — фильм режиссера Питера Уира. Награжден премией «Оскар» за лучший оригинальный сценарий. Фильм повествует об истории учителя английского языка и литературы, который поощряет своих учеников к переменам в жизни и пробуждает в них интерес к поэзии и литературе.

«Невероятная правда» (1989) — дебютный фильм культового американского режиссера Хэла Хартли. Главный герой, Джош Хаттон, — досрочно выпущенный заключенный, который был осужден за убийство. Он возвращается в свой район, ведь больше ему некуда идти, но неспособен начать новую жизнь. Встреча с Одри Хьюго, школьницей старших классов, многое меняет в его жизни.

«Источник» (1943) — роман американской писательницы и философа Айн Рэнд. Главная идея романа состоит

ПРИМЕЧАНИЯ

в том, что основной двигатель прогресса — это творческие люди с ярко выраженным эго. Главный герой романа, талантливый архитектор Говард Рорк, убежденный индивидуалист, видит свою миссию в том, чтобы творить и преобразовывать мир. Рорк отстаивает свободу творческой личности, отказывается идти на компромиссы и отступать от собственных жизненных и профессиональных принципов.

С. 230. *Камербант — искаж.* камербанд, широкий мягкий пояс, надеваемый к смокингу.

С. 231. *...как в мультиках про Снупи.* — В знаменитом комиксе «Peanuts», созданном художником-карикатуристом Чарлзом Шульцем в 1950 году и выходившем до 2000-го, а также в созданных на его основе мультфильмах действует пес Снупи, принадлежащий мальчику по имени Чарли Браун. Чарли Браун — персонаж-неудачник. Многие сюжеты Шульца основаны на том, что Чарли упрямо не хочет сдаваться в безнадежных ситуациях (например, не уходит со стадиона, когда сильный дождь прерывает его любимую игру), или на том, что плохое с ним случается в тот момент, когда ничто этого не предвещает. Чарли Браун никогда не получает валентинки и рождественские открытки, а на Хеллоуин вместо конфет ему подсовывают камни.

С. 254. *«Ночь живых мертвецов»* (1968) — культовый черно-белый фильм ужасов, снятый независимым режиссером Джорджем Ромеро. Позднее фильм был полностью перенесен в цвет, а также получил несколько продолжений.

Елена Петрова

Содержание

Благодарности 7

Часть первая 9

Часть вторая. 59

Часть третья 131

Часть четвертая 187

Эпилог 271

Примечания. *Е. Петрова* 280

Литературно-художественное издание

СТИВЕН ЧБОСКИ
ХОРОШО БЫТЬ ТИХОНЕЙ

Редактор Александр Гузман
Художественный редактор Илья Кучма
Технический редактор Татьяна Тихомирова
Компьютерная верстка Михаила Львова
Корректоры Лариса Ершова, Елена Терскова

Подписано в печать 04.07.2014. Формат издания 84 × 100 ¹/₃₂.
Печать офсетная. Тираж 5000 экз. Усл. печ. л. 14,04.
Заказ № 1791/14.

Знак информационной продукции
(Федеральный закон № 436-ФЗ от 29.12.2010 г.):   18+

ООО «Издательская Группа „Азбука-Аттикус"» —
обладатель товарного знака АЗБУКА®
119334, г. Москва, 5-й Донской проезд, д. 15, стр. 4

Филиал ООО «Издательская Группа „Азбука-Аттикус"»
в Санкт-Петербурге
191123, г. Санкт-Петербург, наб. Робеспьера, д. 12, лит. А

ЧП «Издательство „Махаон-Украина"»
04073, г. Киев, Московский пр., д. 6 (2-й этаж)

Отпечатано в соответствии с предоставленными материалами
в ООО «ИПК Парето-Принт».
170546, Тверская область, Промышленная зона Боровлево-1, комплекс № 3А.
www.pareto-print.ru

ПО ВОПРОСАМ РАСПРОСТРАНЕНИЯ ОБРАЩАЙТЕСЬ:
В Москве:
ООО «Издательская Группа „Азбука-Аттикус"»
Тел.: (495) 933-76-00, факс: (495) 933-76-19
E-mail: sales@atticus-group.ru; info@azbooka-m.ru

В Санкт-Петербурге:
Филиал ООО «Издательская Группа „Азбука-Аттикус"»
Тел.: (812) 327-04-55, факс: (812) 327-01-60
E-mail: trade@azbooka.spb.ru; atticus@azbooka.spb.ru

В Киеве:
ЧП «Издательство „Махаон-Украина"»
Тел./факс: (044) 490-99-01. E-mail: sale@machaon.kiev.ua
Информация о новинках и планах, а также условия сотрудничества
на сайтах: www.azbooka.ru, www.atticus-group.ru

YABA1413306R